Reise durch die Nebel
des Unterbewusstseins

Reto Burn

REISE DURCH DIE NEBEL
DES UNTERBEWUSSTSEINS

Erzählungen

Die automatisierte Analyse des Werkes, um daraus Informationen insbesondere über Muster, Trends und Korrelationen gemäss §44b UrhG („Text und Data Mining") zu gewinnen, ist untersagt.

Cover Illustration: Iuliia Parfenova (instagram.com/juliapa.art)

Verlag: BoD · Books on Demand GmbH, Überseering 33, 22297 Hamburg, bod@bod.de
Druck: Libri Plureos GmbH, Friedensallee 273, 22763 Hamburg

ISBN: 978-3-7597-8676-0

*Für alle, die an mich geglaubt haben, als ich den Glauben an
mich selbst längst verloren hatte.*

Oben an der Treppe, hinter dem Schrank

Ich sitze da, wo ich schon viel zu oft gesessen bin. Oben an der Treppe, hinter dem Schrank. Eigentlich sollte ich schlafen, doch das geht nicht. Nicht solange der Sturm noch wütet, keine Ruhe eingekehrt ist.

Meistens sitze ich hier und bete zum lieben Gott im Himmel. Der alte, weise Mann mit seinem vollen Gesicht, fluffigen Bart und goldenen Gewand. Derjenige, der oben in den Wolken wacht, nichts Böses zulässt, uns beschützt. Derjenige aus dem Schlaflied, das mir meine Mutter jeden Abend vorsingt.

Bevor sie zu singen beginnt, krault sie mir sanft den Rücken. Ich liebe es, wie ihre Finger behutsam von oben nach unten wandern, von links nach rechts und dann wieder zurück. Von mir aus könnte das die ganze Nacht andauern. Wenn sie nicht mehr mag, zieht sie ihre Hand langsam unter meinem Schlafanzug hervor und deckt mich fest zu. Die Decke ist weich und warm. Dann stimmt sie das Schlaflied an. Während sie singt, streicht sie mir mit der Hand durch die Haare. Ich schliesse die Augen. Der alte, weise Mann mit seinem vollen Gesicht, fluffigen Bart und goldenen Gewand lächelt mir zu; seine Güte und Wärme umgeben mich. Ich vergesse alles, fühle mich sicher und geborgen.

Wenn sie fertig gesungen hat, kehrt für einen Moment Stille ein. Dann wünscht sie mir mit zärtlicher Stimme eine gute Nacht und küsst mich auf die Stirn. Bei der Berührung ihrer Lippen fallen mir die Augen zu. Sachte erhebt sie sich und verlässt das Zimmer.

Ich will nicht, dass sie geht.

Die Tür lässt sie einen Spalt breit offen, das Licht im Flur brennen. Dann steigt sie die Treppe hinunter. Nur ihr behütender Duft hängt noch im Zimmer. Ich liege im Bett, rege mich nicht; lausche und hoffe, dass es heute anders wird.

Manchmal wird es anders, meistens nicht.

Als sie unten ankommt, hat sich der Sturm schon zusammengebraut. Zuerst macht er sich durch vereinzelte Windstösse bemerkbar. Eine gehässige Bemerkung hier, eine zornige Antwort da.

Ich kann nicht ruhig liegen bleiben, gleite aus dem Bett und schleiche auf den Flur.

Dunkle Wolken ziehen auf, leichter Regen setzt ein, der Wind wird stärker. Die Stimmen werden lauter, intensiver. Und dann erhebt sich der Sturm mit voller Wucht. Blitze, Donner, Hagel schlagen mir ins Gesicht, dröhnen in meinen Ohren. Eine Faust kracht auf den Tisch. Mein Vater brüllt, meine Mutter schreit. Dann weint sie.

Woher der Sturm kommt, verstehe ich nicht. Ich will einfach, dass er aufhört, blauem Himmel Platz macht. Sitze oben an der Treppe, lausche und bete. Hoffe, dass der Sturm weiterzieht und nie mehr wiederkommt. Glaube, dass alles wieder gut wird, so wie früher.

So ist es meistens; doch heute ist es anders.

Ich sitze oben an der Treppe, hinter dem Schrank, umsäumt vom grauen Teppich. Er ist alt und abgetreten. Ich starre auf den hässlichen Fleck zu meinen Füssen. Unten ist der Sturm in vollem Gange. Doch er scheint mir gedämpft, als ob ich mich hinter einer dicken Glasscheibe befinden würde. Nur die dunklen Wolken hängen über mir, leichter Regen fällt.

Dichter Nebel kriecht die Treppe hoch. Legt sich um mich wie ein feuchtes, kaltes Tuch. Zieht die Wärme aus meinem Körper, betäubt mich.

Ich bete nicht mehr, hoffe nicht mehr. Ich sitze nur da und weine.

Der Abgrund

Ich laufe keuchend durch den dichten Wald, hinter mir höre ich das Krachen berstender Äste. Dann wieder Stille. Dann ein Schnauben. In welche Richtung ich laufe, weiss ich nicht, vom Weg bin ich schon lange abgekommen. Ich hatte nie im Sinn, in den Wald zu gehen.

In der Ferne scheint sich das Gehölz zu lichten. Schwer atmend kämpfe ich mich durch das Unterholz. Meine Hose und mein Shirt sind zerfetzt, meine Arme und Beine zerkratzt, auch das Gesicht ist davon nicht verschont geblieben. Der Geschmack von Blut liegt in meinem Mund, Schweiss brennt mir in den Augen.

Mit jedem Schritt dringt etwas mehr Licht durch das Geäst. Das Krachen und das Schnauben werden leiser. Hoffnung beginnt in mir zu keimen. Bis zum Ende des

Gehölzes kann es nicht mehr weit sein. Mit den Händen schiebe ich Zweige weg, Dornen durchbohren meine Haut. Ein Zweig peitscht mir ins Gesicht, verfehlt mein Auge nur knapp. Ich kneife die Augenlider zusammen, kämpfe mich blindlings weiter durch das Gebüsch. Als ich keine neuen Zweige mehr ertaste, reisse ich die Augen wieder auf. Das grelle Licht blendet mich, reflexartig schlage ich die Augenlider wieder zu. Ich stolpere, taumle, knicke ein und falle hin. Ich will mich aufrappeln, stelle aber mit Schrecken fest, dass ich rutsche. Verzweifelt suchen meine Hände nach Halt, doch da gibt es nichts zu fassen; ich rutsche nicht mehr, ich falle.

Mein gesamtes Inneres zieht sich zu einem Klumpen zusammen, der durch seine enorme Dichte den Raum um mich zu biegen scheint. Jetzt ist alles vorbei. Ich will die Augen aufreissen, zumindest sehen, wohin ich falle, doch ich traue mich nicht. So verharre ich wie gelähmt, warte auf den Aufprall. Erst dann merke ich, dass ich nicht mehr falle, ich liege am Boden. Verwundert warte ich auf die Schmerzen des Aufpralls, doch sie kommen nicht. Auch sonst keine Anzeichen, die auf einen Sturz in die Tiefe hindeuten, als ob ich nicht gefallen wäre, sondern mich behutsam hingelegt hätte. Ich richte mich auf, öffne die Augen. Alles ist schwarz, kein Licht, nichts. Ich glaube, immer noch geblendet zu sein, blinzle ein paarmal, reibe mir die Augen, hoffe, dass die Sehkraft bald zurückkommt. Zuerst geschieht nichts, doch dann scheint es mir, dass ich schwache Umrisse ausmachen kann, ohne zu erkennen, wovon sie hervorgerufen werden. Langsam dämmert es mir – ich bin nicht geblendet, nein, in welchen Abgrund ich auch gefallen sein mag, Sonnenstrahlen ist der Weg hierhin verwehrt.

Ich taste den Boden ab, er ist seltsam weich und hart gleichzeitig, fühlt sich an wie Steckmoos. Da meine Hände nichts weiter ertasten, spitze ich die Ohren und lausche. Stille. Einen Moment verharre ich unbewegt, lausche weiter. Dann beginne ich mich auf allen Vieren fortzubewegen, mit den Händen meinen Weg ertastend. Es ist merkwürdig, der Boden ist komplett flach, keine Unebenheiten. Nur da, wo ich herkomme, kann ich die runden Abdrücke meiner Knie und Handballen ausmachen.

Plötzlich stockt mir der Atem, ein kalter Schauer läuft mir über den Rücken. Da ist etwas im Dunkeln verborgen. Ich bin überzeugt, etwas gehört zu haben. Doch jetzt, da ich angestrengt und mit angehaltenem Atem lausche, herrscht wieder absolute Stille. Da mir nichts anderes übrigbleibt, krieche ich mühevoll weiter. Und da höre ich es wieder, ein langsames, ruhiges Atmen. Was da atmet, scheint weit weg und trotzdem unmittelbar bei mir zu sein.

Ich bekomme es mit der Angst zu tun. Das Ausbleiben eines Aufpralls hat in mir wohl eine Erleichterung ausgelöst, die jetzt langsam wieder schwindet. Ich stemme mich hoch und bewege mich vorsichtig. Die Arme vor mir ausgestreckt irre ich schlurfend wie ein Untoter durch die Dunkelheit, suche die Richtung weg von dem unheimlichen Atemgeräusch. Doch es gelingt mir nicht. Das Atemrauschen scheint, egal wohin ich mich bewege, lauter zu werden. Also versuche ich einfach einen Weg hinaus aus dem Abgrund zu finden, zurück in den Wald, der mir inzwischen freundlich und einladend vorkommt – wovon bin ich dort überhaupt weggerannt?

Mit der Zeit lässt meine Vorsicht nach, ich gehe schneller. Erkennen kann ich immer noch nichts, abgesehen von unscharfen Umrissen in der Ferne. Ein paar Mal habe ich den Eindruck, in der Düsternis blitze etwas Weisses auf. Zu kurz, um es bewusst wahrzunehmen, doch ich bin mir sicher, da lauert irgendetwas. Zum regelmässigen Atemgeräusch, das – so dünkt es mich – schneller geworden ist und nun eher einem Zischen gleicht, gesellen sich gelegentlich ein Fauchen und ein Knirschen. Ich irre weiter, orientierungslos. Mit jedem Schritt wächst die Angst vor dem, was in der Dunkelheit lauert.

Zuerst ist da nur ein leises Wispern, ich kann es fast nicht wahrnehmen, halte inne und lausche.

«Du kannst nichts... du bist falsch... du bist nichts als eine Last... du hast es nicht verdient, dort oben zu sein...»

Ich setze mich wieder in Bewegung, dann beginne ich zu rennen. Das Wispern wird stetig lauter, bis es sich in eine feste, von Autorität geschwängerte Stimme gewandelt hat, die mich erdrückt. Der Boden unter meinen

Füssen beginnt nachzugeben, ich sinke ein, jeder Schritt ist ein Kampf, bis ich die Füsse gar nicht mehr aus dem Boden bringe, als wäre ich in einem Sumpf steckengeblieben.

Ich kämpfe, versuche die Füsse aus dem matschigen Boden herauszureissen. Kalter Schweiss läuft mir über die Stirn. Aus der Stimme ist inzwischen ein Krächzen geworden, welches den zischenden Atem in den Hintergrund gedrängt hat. Trotzdem merke ich, wie sich die Atemzüge verändert haben, sie sind kürzer, ruckartiger und oberflächlicher geworden.

Da höre ich wieder das Fauchen und das Knirschen. Dort blitzt in der Ferne das Weisse auf, diesmal lange genug, dass ich es erkennen kann. Es ist gezackt wie das Gebiss eines Hais. Verzweifelt versuche ich meine Füsse zu befreien, ziehe und zerre dran, doch nichts passiert. Währenddessen wird das Krächzen unerträglich, das Fauchen kommt näher, wieder die Zähne, sie sind näher, sie sind riesig, was ist das nur für ein Ungeheuer?

Es hat keinen Sinn, ich kriege die Füsse nicht frei. Ich bin erschöpft, kann nicht mehr kämpfen, WILL nicht mehr kämpfen. Also setze ich mich hin, schlinge die Arme um die Knie und lege meinen Kopf darauf und warte, dass alles vorbei ist.

Doch plötzlich ist alles ruhig, nur noch das wieder ruhig gewordene Atemrauschen. Und da sehe ich ein Leuchten, es ist noch weit in der Ferne, scheint mir aber warm wie der glimmende Schein einer Laterne. Das

Licht irrt in stetiger Bewegung in der Ferne umher. Links, rechts, dann wieder geradeaus. Auch wenn sein Weg zufällig und ungerichtet erscheint, bin ich überzeugt, dass sich das Licht doch eindeutig und viel zielstrebiger, als die Bewegung vermuten lässt, auf mich zubewegt.

Ohne dass ich es bemerkt habe, hat der Boden meine Beine freigegeben. Zögerlich bewege ich mich auf das Licht zu. Der Schein gibt mir Hoffnung. Der Glaube, dass ich einen Weg hier herausfinde, kehrt zurück. Dann höre ich ein leises Flüstern: «Du kannst das. Du bist gut. Du bist stark. Du bist besonders.»

Angetrieben von den motivierenden Worten beschleunige ich meinen Schritt, eile dem fernen Leuchten entgegen. Wie schon zuvor wird die Stimme lauter, bestimmter. Doch dieses Mal ist sie freundlich, umgibt mich mit Wärme wie eine leichte Sommerbrise. Das Leuchten kommt schnell näher, bewegt sich aber immer noch von links nach rechts und nun erkenne ich auch, dass es regelmässig rauf und runter wippt. Erst kurz bevor wir aufeinandertreffen, erkenne ich die Quelle des Leuchtens – es verschlägt mir kurz den Atem und ich bleibe wie angewurzelt stehen.

Ein buntes Chamäleon trottet auf mich zu. Aus seiner Stirn ragt ein langer, gebogener Fortsatz, der in einem Leuchtorgan endet, wie bei diesen unheimlichen Tiefseefischen. In sicherer Distanz zu mir hält es an, legt den Kopf schief und blickt mich neugierig an. Ich mustere das Chamäleon, weiss nicht recht, was ich von ihm halten soll. Eigentlich sollte ich wohl Unbehagen über die seltsame Erscheinung empfinden, doch mein Gefühl sagt etwas anderes. Von dem kleinen Geschöpf geht eine Liebenswürdigkeit aus, die ich so noch nie erlebt habe. Ich könnte ihm, auch wenn ich wollte, kein Misstrauen entgegenbringen.

Als das Chamäleon auch nach einer Weile keine Anzeichen dafür zeigt, sich weiter auf mich zuzubewegen, setze ich mich hin, in der Hoffnung, weniger bedrohlich zu wirken. Es legt seinen Kopf auf die andere Seite und macht dann einen vorsichtigen Schritt auf mich zu. Erst jetzt merke ich, dass die Stimme von vorhin verstummt ist. Stille ist eingekehrt, nur das inzwischen wieder ganz ruhige Rauschen des Atems ist noch zu hören. Eine Weile verharren wir so und mustern uns gegenseitig. Das Licht im Dunkeln tut mir gut. Ich fühle mich erleichtert und warte geduldig, bis das Chamäleon den nächsten Schritt macht. Doch stattdessen beginnt es plötzlich zu sprechen: «Du kannst das. Du bist gut. Du bist stark. Du bist besonders.»

Es ist dieselbe Stimme, und wie zuvor hüllt sie mich mit Wärme ein. An diesem Punkt verwundert mich nichts mehr. Warum sollte ein Chamäleon mit einem Leuchtorgan nicht auch sprechen können? Sowieso kommt mir das Chamäleon irgendwie vertraut vor, wie ein alter, schon fast vergessener Freund.

«Glaubst du das wirklich?», frage ich das Chamäleon.

Es neigt den Kopf von einer Seite zur anderen.

«Wieso sollte ich lügen?»

Das stimmt, wieso sollte es das? Andererseits, wieso sollte es die Wahrheit sagen? Und wieso sollte es die überhaupt kennen? Doch es ist ja ein sprechendes Chamäleon, also gut möglich, dass es so etwas weiss, denn was weiss ich schon über sprechende Chamäleons? Irgendetwas sagt mir, dass die ehrlich sind. Also stimme ich ihm zu.

«Weisst du, wie ich hier wieder herauskomme?»

Das Chamäleon hebt langsam ein Vorderbein und kratzt sich mit der Kralle am Kopf. Dabei streckt es den äussersten Zeh so ab, dass nur dieser den Kopf berührt.

«Wo glaubst du denn, hier zu sein?»

Auch wenn ich mir diese Frage selbst schon gestellt habe, ist mir bisher keine vernünftige Antwort eingefallen. Vernunft scheint mich hier nicht zum Ziel zu führen. Es ist ein Ort, den ich nicht kenne, und doch scheint er mir vertraut, ein ähnliches Gefühl, wie ich es auch dem Chamäleon gegenüber hege. Bin ich doch schon mal hier gewesen und habe es vergessen? Vielleicht früher, als ich klein war. Hatte ich damals nicht auch ein Chamäleon?

«War ich schon mal hier?»

«Glaubst du das?»

«Ich habe zumindest so ein Gefühl»

Das Chamäleon lächelt, dann legt es den Kopf wieder zur Seite und schaut mich eindringlich an.

«Es empfiehlt sich meist, auf Gefühle zu hören, meinst du nicht?»

Ich überlege kurz, dann nicke ich langsam.

«Sagt dir dein Gefühl, dass du hier wegmusst?»

Dieses Mal überlege ich länger und stelle fest, dass mir wirklich wohl ist im warmen Licht des sonderbaren Chamäleons. Das Bedürfnis, so schnell wie möglich hier wegzukommen, ist erloschen. Wie ich gedankenversunken dasitze, fällt mir auf, dass das Chamäleon deutlich grösser geworden ist. Schon vorher war es durchaus ein Riesenexemplar gewesen, doch reichte mir sein Kopf nur bis zur Schulter, jetzt überragt er den meinen schon um einiges. Wie konnte ich das nicht bemerkt haben? Und sollte es mich beunruhigen? Vielleicht, doch da es dies nicht tut, denke ich nicht länger darüber nach, vertraue meinem Gefühl und antworte mit einem leichten Kopfschütteln: «Nein, eigentlich nicht mehr».

Das Chamäleon nickt zufrieden: «Sehr schön, dann können wir uns gemütlich ein bisschen unterhalten».

Es neigt seinen Kopf wieder von der einen Seite zur anderen und schaut mich nachdenklich an. Dann hebt es wieder sein Bein und kratzt sich - wieder mit abgespreizter Zehe - am Kopf.

«Weisst du, was das Problem mit Gefühlen ist?»

Spontan kommt mir da einiges in den Sinn, doch bestimmt will es auf etwas anderes hinaus als die Schnellschüsse, die mir durch den Kopf fliegen. Also schüttle ich leicht den Kopf und verneine.

Das Chamäleon nickt wenig erstaunt.

«Gefühle sind oft wie ein Chamäleon, sie ändern die Farbe, tarnen sich, und so wird es schwierig, sie richtig zu erkennen. Und das erschwert dann wiederum ihre Deutung.»

Ich glaube zu verstehen, was es mir sagen will, doch stimme ich ihm nicht vollkommen zu. Der Vergleich mit dem Chamäleon scheint mir weit hergeholt. Wechseln sie überhaupt die Farbe, um sich zu tarnen? Wenn ich mich richtig erinnere, stimmt das nicht, zumindest nicht ausschliesslich. Trotzdem muss ich zugeben, an den Worten ist etwas Wahres.

Als ob es meine Gedanken lesen könnte, ergänzt das Chamäleon: «Der Vergleich mit dem Chamäleon hinkt natürlich ein bisschen, doch für mich ist er aus offensichtlichen Gründen naheliegend.»

In der Zwischenzeit habe ich mich erhoben, das Chamäleon ist nun so gross, dass es mich auch im Stehen überragt. Es neigt seinen Kopf gemächlich von der einen Seite zur andern und beobachtet mich mit einem Auge, während es mit dem anderen etwas auf der Seite zu beobachten scheint. Ich wende meinen Blick kurz in die gleiche Richtung, versuche auszumachen, was es dort zu sehen gibt, doch ich vermag nichts zu erkennen. Also richte ich meinen Blick wieder auf das Chamäleon, das mich nun auch mit beiden Augen fixiert.

«Du wunderst dich, wieso ich immer grösser werde, nicht wahr?»

Ich nicke.

«Könnte es nicht auch sein, dass du einfach kleiner wirst?»

Wäre das möglich? Nein, das würde ich doch bemerken. So eine Schrumpfung müsste sich bestimmt durch irgendwelche Körperwahrnehmungen bemerkbar machen. Andererseits habe ich hier keinen richtigen Referenzpunkt abgesehen vom Chamäleon, und relativ zu ihm bin ich eindeutig geschrumpft. Und jetzt, da ich darüber nachdenke, fühlt sich mein Körper tatsächlich anders an, ein wenig zusammengestaucht.

«Das kann ich wohl nicht ausschliessen…» murmle ich.

Das rechte Auge des Chamäleons richtet sich wieder zur Seite. Eine leichte Beunruhigung macht sich in mir breit, meine Muskeln spannen sich unmerklich an.

Was ist dort drüben?

Immer noch vermag ich nichts zu erkennen. Das Chamäleon richtet wieder beide Augen auf mich und durchdringt mich mit seinem Blick.

«Weisst du, auch wenn mein Vergleich vorhin etwas gehinkt hat, es gibt tatsächlich etwas, das Chamäleons und Gefühle gemeinsam haben.»

Immer noch fixiert es mich mit seinem scharfen Blick, der mich durchbohrt wie ein Dolch. Der Blick nährt die Beunruhigung in mir. Habe ich mich vor ein paar Augenblicken noch wohl gefühlt und nichts gegen das verwirrende Gespräch mit dem Chamäleon einzuwenden gehabt, glüht in mir jetzt wieder der Wunsch auf, endlich von hier wegzukommen. Was Chamäleons und Gefühle gemeinsam haben, interessiert mich nicht im Geringsten. Noch einmal ein kurzer Blick zur Seite.

«Soll ich es dir verraten?»

Meine Muskeln sind inzwischen aufs Äusserste angespannt, von der Seite droht Ungemach, da bin ich mir sicher. Ahnend, dass mir sowieso nichts anderes übrigbleibt, nicke ich langsam.

«Wenn man nicht aufpasst, kommt es durchaus vor, dass sie einen auffressen.»

Während es spricht, ändert sich seine Farbe zu Rot und das Leuchtorgan beginnt unruhig zu flackern. Danach geschieht einen Augenblick lang nichts. Das Chamäleon schaut mich nur lächelnd an, als ob es mir Zeit geben wolle, das Gesagte ankommen zu lassen. Doch dafür reicht es nicht; als mein System endlich reagiert und zur Flucht ansetzt, hat das Chamäleon schon lange sein Maul weit aufgerissen und ein weisses, gezacktes Gebiss zum Vorschein gebracht. Wie aus dem Nichts fühle ich einen harten Schlag, der mich fast um mein Bewusstsein bringt. Etwas Klebriges umgibt mich, und dann wird es dunkel.

Fleisch und Blut

Wenn du mit deinen Fingern über meinen Körper fuhrst, spürtest du sie. Sie waren wulstig, fühlten sich an wie die Sprossen einer Leiter, die in meinen Körper eingearbeitet worden waren. Ihr Gewebe war weiss mit einem zarten Hauch von rosa. Sie erzählten Geschichten von Trauer, Schmerz und Wut, aber auch von Erleichterung, Versöhnung und Erlösung.

Sie waren hässlich, doch dich störten sie nie. Du akzeptiertest sie von Anfang an als Teil von mir. Du mochtest es, mit deinen zarten Fingern sanft über sie zu streichen, sie behutsam abzutasten. Es schien, als würdest du sie lesen, ihre Geschichten erkunden und entschlüsseln. Und ich glaube, du verstandst sie schon bald besser als ich selbst.

Es dauerte eine Weile, doch dann keimte in mir die Frage, ob du sie tatsächlich als Teil von mir sahst oder doch eher mich als Teil von ihnen. Manchmal hatte ich den Eindruck, dass sie die eigentliche Manifestation des Wesens waren, das dich fesselte. Ich hingegen war nur das unbedeutende Gerüst, das sie trug, wie die Leinwand, die das Lächeln der Mona Lisa trägt.

Du gingst sehr systematisch vor, hast dir Narbe für Narbe vorgenommen. Manchmal brauchtest du nur ein paar Tage, um zu ihrem Kern vorzudringen, ihnen ihre Geschichten und Geheimnisse zu entlocken, manchmal Monate. Geduldig nahmst du dir die Zeit, die sie von dir verlangten. Ich liess euch gewähren, mir war bewusst, dass da etwas in Gange war, das ich nicht zu verstehen vermochte. Jedes Mal, wenn du mit einer fertig warst, konnte ich fühlen, wie die Narbe warm und von einem leichten Kribbeln durchzogen wurde. Ein angenehmes, erlösendes Gefühl, als ob sie sich mit meinem Körper versöhnen würde. Das erste Mal verstand ich nicht, woher das Gefühl kam, was es bedeutete, doch mit jeder neuen Erfahrung bekam ich mehr Klarheit darüber.

Zu Beginn hast du noch versucht, sie mir zu erklären, ihre Geschichten, ihr Leid. Doch mit der Zeit schien dir das nicht mehr wichtig, es ging dir nur noch um sie und du gabst dich zufrieden, wenn du sie verstandst. Eine Erklärung schien überflüssig. Wenn du sprachst, dann mit ihnen, nicht mit mir. Aus dem Gefühl, du würdest dich nur für sie interessieren, mich nur als Teil von ihnen betrachten, wurde eine Tatsache. Doch das störte mich nicht, im Gegenteil, ich war froh, ein Teil dieses Spiels zu sein. Ich war stolz, ihnen als Gerüst zu dienen, sie dir präsentieren zu können. Denn, war ich doch auch nur das Gerüst, ohne mich könnten sie nicht existieren, wären verloren, würden sich im Nichts auflösen. War nicht auch aus einer gewöhnlichen Leinwand durch die meisterhaften Pinselstriche Da Vincis etwas Einzigartiges geworden? Bestimmt. Ohne die aufgetragene Farbe wäre sie für immer eine unbedeutende Leinwand geblieben, doch jetzt, da sie dieses wunderbare Gemälde auf sich trug, könnte dieses ohne sie nicht mehr existieren. Zerfällt sie, zerfällt auch Mona Lisa und ihr Lächeln.

Etwas anderes begann mich jedoch zu beunruhigen. Auf meinem Körper gab es viele Narben, lange dachte ich sogar unzählige. Um einige hattest du dich schon gekümmert, um viele noch nicht. Doch mir dämmerte, dass sie durchaus zählbar waren und du irgendwann mit der letzten fertig sein würdest, und mir drängte sich die Frage auf, was dann geschehen würde. Oder eigentlich drängte sich mir wohl schon die Antwort auf, denn da gab es nichts zu überlegen, es existierte nur eine äusserst klare und genauso deprimierende.

Zwar genoss ich es immer noch, wie du mir mit den Fingern sanft über den Körper strichst, ihn behutsam abtastetest, eine Narbe küsstest und dich um sie kümmertest, doch wenn du mit einer weiteren fertig warst, verspürte ich eine Unruhe in mir, die von Narbe zu Narbe grösser wurde. Ich begann mich immer mehr vor dem Moment zu fürchten, der langsam, aber unausweichlich näherkam. Zwar wusste ich nie, wie viele noch ausstanden, doch mir war klar, dass es nicht mehr viele sein konnten. Aus der Unruhe wurde zuerst Angst, dann Panik. Verzweifelt begann ich einen Weg zu suchen, um das Ende hinauszuzögern oder bestenfalls sogar für immer aufzuschieben. Doch was konnte ich schon tun?

Ich versuchte mich zu sperren, dir den Zugang zu ihnen zu erschweren, doch musste ich mir schon bald eingestehen, dass dies nicht half. Die Bindung zwischen euch war zu stark, viel stärker als die zwischen ihnen und mir. Und plötzlich beschlich mich das Gefühl, nicht einmal mehr richtig Teil ihres Daseins zu sein. Viel mehr schien es, als würden sie sich von mir ablösen und langsam zu einem Teil von dir werden. Noch glaubte ich, dass der Prozess nicht abgeschlossen war, doch wie lange noch?

Die Panik wuchs in mir, breitete sich aus wie ein Myzel, eroberte jeden Winkel meines Wesens und begann es unter der Oberfläche zu zersetzen. Ich wurde blind vor Angst und sah nur eine Möglichkeit, das Unvermeidliche noch aufzuhalten. Anfangs zögerte ich noch, dachte, es sei nicht fair, ein unerlaubtes Mittel. Doch die Zeit drängte und rund um mich war schon alles dunkel. Auch dich konnte ich schon fast nicht mehr sehen, spürte nur noch deine Finger und deine Lippen. Doch sie schienen mich nicht mehr zu spüren, nur die Narben.

Der geschmeidige Holzgriff lag immer noch gut in meiner Hand. Eine lange und elegante Klinge ist in ihn eingelassen. Eine teure Kopie eines antiken Dolches. Als ich mit dem Finger sanft über die Schneide strich, zeugten winzige Bluttropfen davon, dass sie nichts an Schärfe eingebüsst hatte.

Mein Fleisch und der Dolch waren noch vertraut, auch wenn das letzte Mal, dass sie aufeinandertrafen, schon in weiter Ferne lag. Zu oft hatten sie sich schon vereint. Der Schnitt geschah praktisch ohne mein Zutun, gierig grub sich die Klinge durch meine Haut. Diese teilte sich breitwillig und machte einer klaffenden Wunde Platz.

Doch so sehr sich Dolch und Fleisch zu freuen schienen, so falsch fühlte sich der Schnitt für mich an. Noch bevor sich Klinge und Fleisch wieder trennten, schämte ich mich für mein Tun. Es war anders als früher, der Schnitt wirkte erzwungen, die Wunde bedeutungslos. Und so war ich auch nicht erstaunt, als sie ohne jede Spur wieder verschwand, bevor du sie je wahrgenommen hättest.

Trotzdem beliess ich es nicht bei diesem einen Versuch, denn ich hatte noch die Hoffnung, dass bleibende Narben entstünden, sobald meine Verzweiflung gross genug war. Doch die Hoffnung sollte sich nicht erfüllen, jede weitere Wunde, die ich mir zufügte, verschwand ohne bleibende Spuren. Und so kam der unvermeidliche Tag. Der Tag, an dem du die letzte Narbe ergründet, sie verstanden und ihre Emotionen extrahiert hattest. Nachdem das Kribbeln versiegte, liessest du von mir ab und drehtest dich weg. Kälte breitete sich im Raum aus. Merkwürdigerweise verblasste meine Panik augenblicklich und Gleichgültigkeit machte sich in mir breit. Ich wusste, ich hatte dich verloren, und wartete nur noch darauf, dass du mich endgültig verliessest.

Du bliebst noch eine Zeit lang bei mir, doch die Kälte wurde immer eisiger. Du lagst nur noch auf dem Rücken und starrtest gedankenversunken an die Decke. Obschon du noch neben mir warst, war ich unsicher, ob es dich überhaupt je gegeben hatte. Warst du nur ein Gespenst in meinem Kopf oder doch real? Du lagst neben mir, doch du warst nicht fassbar. Und dann, eines Morgens, warst du weg. Und die Zweifel, ob es dich jemals gegeben hatte, wurden stärker.

*

Nun liege ich da, fahre mit der Hand über meinen Körper. Er ist glatt, keine Wülste, nichts. Die Narben sind weg, du hast sie mitgenommen. Es scheint mir, etwas Essenzielles sei mir abhandengekommen.

Ich liege da und fühle mich leer und orientierungslos. Ich verstehe nun, du hast recht gehabt. Nicht die Narben waren Teil von mir, ich war Teil von ihnen. Und mit dem Gemälde löst sich auch die Leinwand auf, verschwindet in der Bedeutungslosigkeit. Ohne meine Zeichnungen bin ich ein leeres Gerüst, ein Skelett ohne Fleisch und Blut.

Schliessfach der Gefühle

Das Reissen in meiner Brust ist nahezu unerträglich. Gedanken pochen in meinem Kopf. Ich kämpfe mich durch das hektische Getümmel Richtung Bahnhof.

Alles hat mit einem gewöhnlichen Gespräch begonnen, ein Austausch über Belangloses. Nichts deutete auf die bevorstehende Eruption hin. So erwischte es mich ohne Vorwarnung, und gerade deshalb umso heftiger. Für ihn war es wohl nichts weiter als eine Banalität, für mich eine Katastrophe. Innert Sekundenbruchteilen überkam es mich. Der antrainierte Mechanismus setzte unwillkürlich ein. Die Uhr begann zu ticken.

Ich eile, pralle gegen fremde Schultern. Lasse mich davon nicht vom Weg abbringen. Meine Hand ertastet den kleinen Schlüssel in meiner Manteltasche, greift zu, schliesst sich fest um ihn. Seine scharfen Kanten graben sich in mein Fleisch. Der Griff wird fester. Schmerz brennt in meiner Hand, lindert das Reissen in der Brust. Ich nutze die Erleichterung, um meine Schritte zu beschleunigen.

Wie konnte er sich nicht bewusst gewesen sein, was er mit seinen Worten anrichtet? Oder wusste er es und es war ihm schlicht egal? Ziemlich sicher. Ja, er hat es sogar darauf angelegt, mich zu verletzen. Nichts als sich über mich lustig machen wollte er. Mir meine Schwäche vorführen und sich dabei amüsieren! Ich werde ihn leiden lassen, ihn quälen, bis er versteht, was er mir angetan hat!

Ich schüttle den Kopf, versuche die Gedanken loszuwerden, weiss aber, dass ich nicht stark genug bin, dass ich scheitern werde. Gefangen vom Kampf, den ich in meinem Inneren austrage, übersehe ich etwas am Boden. Ich stolpere und stürze. Reflexartig reisse ich die Hände nach vorn. Der Schlüssel entgleitet mir.

Das Reissen in der Brust wird wieder stärker. Die Gedanken pochen heftiger. Dazu kommt die Panik. Verzweifelt suche ich den Schlüssel, sehe ihn ein paar Schritte vor mir zwischen den Füssen eilender Menschen. Eine Hand greift nach mir. Ich schlage sie weg, rapple mich auf und stürze mich auf den Schlüssel.

Hat er nicht eigentlich recht gehabt? Nichts als die Wahrheit hat er gesagt und ich kann wieder einmal nicht damit umgehen. Zu schwach bin ich, zu schwach für diese Welt. Nichts als ein wertloses

Stück Scheisse! Ein Verlierer! Ja, ein verdammt nutzloser, schwacher Verlierer.

Meine Finger schliessen sich noch fester um den kleinen Lebensretter als zuvor. Der brennende Schmerz kommt zurück, doch das Reissen in der Brust ist zu stark, lässt sich nicht mehr beruhigen. Die Gedanken hämmern unerträglich an die Schädeldecke, versuchen durchzubrechen. Es bleibt mir keine Zeit.

Ich hasse dich, du unfähiges Stück Scheisse! Tu es, du verdammter Verlierer! Tu es! Ein Schritt, dann ist es vorbei! Du Elender du! Trau dich endlich!

Ich fühle, wie etwas in meiner Brust zu zerreissen beginnt. Faser um Faser, nicht mehr lange und der Strang ist entzweit. Auch die Gedanken haben sich fast gänzlich durch meine Schädeldecke gearbeitet.

TU ES!!!

Das Rattern des Zuges durchbricht für einen kurzen Moment meine Gedanken. Gepeinigt vom inneren Schmerz halte ich inne. Meine Knie sind weich, ich zittere. Unter Qualen gebe ich mir einen Ruck, haste weiter. Meine Augen sind feucht, das Gesicht zu einer hässlichen Grimasse verzerrt. Ich stürze die Treppe hinunter, mit der freien Hand halte ich mich am Geländer fest. Alles ist schwarz, nur in der Ferne erkenne ich verschwommen mein Schliessfach. Orange Nummer achtzehn.

Feigling! Du elender Feigling!

Der Schlüssel kratzt über das Schliessfach. Meine Hände sind nass vor kaltem Schweiss, sie zittern. Tränen schiessen mir in die Augen. Verzweifelt reisse ich die Tür auf. Wut, Scham und Trauer schreien mir aus dem Innern des Schliessfachs entgegen.

Der Strang in meiner Brust reisst, ein Schrei entfährt mir. Ich beginne zu würgen. Doch es bleibt mir im Hals stecken. Es ist zu gross, zu dicht. Ich würge heftiger, mein ganzer Körper zittert. Unter Schmerzen kommt es hoch. Ich schliesse die Augen, was da an die Oberfläche tritt, will ich nicht sehen. Als es draussen ist, werfe ich mit letzter Kraft die Tür zu, schliesse es ein und sacke entkräftet zu Boden.

Kein Reissen mehr, kein Pochen. Nur Leere.

Flüchtiges Glück

Ich starre die vielen Fläschchen in meinem Wandregal an. Ihr Inhalt ist nicht greifbar, doch farbig und leuchtend. Jedes Brett ist einem bestimmten Farbspektrum gewidmet, wobei sich der Inhalt der einzelnen Gläschen jeweils nur in Nuancen in Farbton, Helligkeit, Transparenz und Dichte unterscheide; Nuancen, die zum Teil nur von einem geübten Auge auszumachen sind. Das Regal ist sehr hoch und noch einiges breiter, es gibt dreiundzwanzig Bretter, zurzeit befinden sich fünftausendsiebenhundertdreiundachtzig Fläschchen darauf. Eine bunte Angelegenheit, die in starkem Kontrast zu den erdfarbenen Steinmauern des Gewölbekellers steht. Von den Mauern geht eine feuchte Kälte aus, die sich über alles im Raum legt, gelegentlich auch über die Atemwege in meine Lunge eindringt. Trotzdem erfüllt mich der Anblick des gut gefüllten Regals stets mit grosser Zufriedenheit, die meist augenblicklich von einem tiefen Verlangen und einem daran geknüpften Tatendrang abgelöst wird.

Während ich bedächtig auf das Regal zuschreite, hebe ich die Hand zu meinem Mund und reibe Daumen und Zeigefinger aneinander, als ob ich ein nicht vorhandenes Bärtchen zwirbeln würde. Normalerweise beginne ich oben links, doch heute sagt mir mein Gefühl, dass es Zeit ist, die Herangehensweise zu ändern. Also lenke ich meinen Schritt zur Mitte des Regals. Ich bleibe beim Segment, welches von Blau-, Türkis- und Grüntönen dominiert wird, stehen. Mein Blick schweift über das Brett mit den türkisenen Fläschchen, ich suche nach etwas Bestimmtem, was genau weiss ich nicht, bin aber überzeugt, dass ich es fühle, wenn ich es sehe. Dichte, Transparenz, Helligkeit, alles muss stimmen.

Eigentlich stehen viel zu viele Fläschchen auf dem Brett, es überquillt nahezu. Seit einiger Zeit versuche ich mich nun schon zu überwinden, ein paar von minderer Qualität auszusortieren, doch ich kann mich einfach von keinem trennen. Obwohl die reinsten und intensivsten natürlich am wertvollsten sind, könnte ich doch auch mal eines mit geringerer Reinheit und moderater Intensität benötigen. Wer kann schon voraussagen, welche Mischung mich einst zum Ziel führen wird?

Vorsichtig schiebe ich einige Fläschchen zur Seite, darauf bedacht, keines umzustossen, und ziehe dann eines aus den hinteren Reihen hervor. Ich lösche die sowieso schon spärliche Deckenbeleuchtung und halte das Fläschchen mit Daumen und Zeigefinger sanft am Flaschenhals und richte es gegen die Tageslichtluke, die einige Meter über mir in die Seitenwand meines Laboratoriums eingelassen ist.

Angestrengt kneife ich die Augen zusammen, schwenke das Fläschchen leicht hin und her, dann lasse ich es kreisen. Das Türkise hat sich am Boden konzentriert, durch die Bewegung wird es aufgewirbelt, dichte Schwaden ziehen durch das Fläschchen, lösen sich langsam auf, bis sie sich schlussendlich ganz im Inneren verteilt haben und dieses gleichmässig gefärbt ist. Ich halte inne und kneife meine Augen erneut zusammen, betrachte das Fläschchen aus verschiedenen Winkeln.

Die Farbe ist wunderbar. Sie ist intensiv und tief, lässt fast kein Licht durch. Ja, das ist ein vortreffliches Exemplar. Trotzdem stelle ich es mit einem leichten Seufzen zurück ins Regal. Das Ganze wiederhole ich mit einem guten Dutzend weiterer Fläschchen, bis ich das richtige gefunden habe.

Was ich vorhabe, verlangt äusserste Geduld und ein feines Gespür. Hätte ich diese nicht, könnte ich das Unterfangen jetzt gleich abbrechen. In der Regel steige ich auch nur in die Gewölbe meines Laboratoriums herunter, wenn ich überzeugt bin, in der entsprechenden Verfassung zu sein.

Das richtige Fläschchen stelle ich dann auf meinen Arbeitstisch, direkt neben die alte Destille aus Kupfer.

Ein ungeübtes Auge würde wohl keinen Unterschied zwischen dem ausgewählten und den meisten davor inspizierten ausmachen, doch für mich ist der Unterschied deutlich. Er liegt nicht direkt in dem, was ich sehe, sondern in den Gefühlen, die sie auslösen, wenn ich sie anfasse, begutachte und auf mich wirken lasse.

Die Wahl des ersten Fläschchens ist essenziell, denn jede Wahl, die ich danach treffe, muss genau auf die vorhergehende abgestimmt sein. Nach der Wahl des ersten ist eigentlich schon die Obergrenze der endgültigen Qualität bestimmt. Trotzdem beginnt der schwierige Teil der Arbeit erst danach, denn nun wird mit der Wahl jedes weiteren Fläschchens bestimmt, wie nahe ich an diese Obergrenze herankomme. Die Auswahl sämtlicher dreiundzwanzig Ingredienzien dauert meist mehrere Tage, manchmal sogar Wochen. Mit ein Grund dafür ist, dass ich die Essenzen nur bei Tageslicht richtig beurteilen kann, und so ausschliesslich tagsüber arbeite. Andererseits würde ich wohl nie viel länger durchhalten, denn der Auswahlprozess ist ziemlich ermüdend und um die geforderte Geduld und Konzentration dafür aufzubringen, benötige ich viel Erholung.

Dieses Mal komme ich mit den ersten zweiundzwanzig Zutaten gut voran, nach etwas mehr als einer Woche habe ich alle zusammen. Eine hübsche Sammlung, die vor mir auf dem Tisch steht. Behutsam schwenke ich ein Fläschchen nach dem anderen, stelle sie nebeneinander, lasse sie auf mich wirken, stelle mir vor, wie sie miteinander reagieren würden, sobald ich sie vermische. Ja, tatsächlich, das ist eine gelungene Auswahl.

Ich seufze tief, wende mich von der Farbenpracht ab, öffne schwermütig die Schublade meines Arbeitstisches und entnehme ihr einen kleinen Schlüssel. Ich drehe ihn zwischen meinen Fingern und starre ihn dabei nachdenklich an. Während ich so dastehe, spüre ich das erste Mal seit Tagen, wie bei jedem Atemzug die feuchte Kälte der Steinmauern in meine Lunge eindringt, sich von dort unaufhaltsam in meinem Körper ausbreitet und mir die Energie entzieht. Nur Augenblicke später werde ich von einem heftigen Frösteln erfasst. Es bleibt mir nichts anderes übrig, als zu resignieren. Mit zittrigen Händen lege ich den Schlüssel zurück in die Schublade und verlasse mein Laboratorium für heute.

Erst Wochen später kehre ich in das Kellergewölbe zurück. Eine heftige Grippe hat mich noch in der Nacht nach meinem Rückzug überfallen und ans Bett gefesselt. Erst jetzt, da ich wieder bei vollen Kräften bin, getraue ich mich der Auswahl der letzten Ingredienz zu widmen. Als ich die metallene Spindeltreppe in mein Laboratorium hinuntersteige, spüre ich, wie sich in meiner Brust ein unangenehmes Ziehen ausbreitet. Doch darauf bin ich vorbereitet, blende das Ziehen so gut es geht aus und fokussiere mich auf meine Aufgabe. Mit zielgerichteten Schritten haste ich zum Arbeitstisch, öffne ruckartig die Schublade und entnehme ihr den Schlüssel. Als ich mich dem Regal zuwende, streift mein Blick die farbigen

Fläschchen, die immer noch neben der Destille stehen. Ich halte inne, mein Herz dehnt sich für einen Moment aus, nur um sich augenblicklich mit einem brennenden Stechen wieder zusammenzuziehen. Unter Aufwand grosser Willenskraft wende ich meinen Blick ab und eile zum rechten Ende des Regals.

Widerwillig stecke ich den Schlüssel ins Schloss des kleinen Kühlschranks. Bevor ich die Tür öffne, schlage ich meine Augenlider schwermütig nieder. Dann öffne ich die Tür mit einem Ruck, atme zwei, dreimal tief durch. Erst dann öffne ich die Augen wieder. Auch wenn ich weiss, was mich erwartet, hoffe ich trotzdem jedes Mal von Neuem, dass es heute anders ist.

In dem Kühlschrank befinden sich nur ein paar wenige Fläschchen, ihre Glasstopfen sind dicht mit Wachs versiegelt, ihr Inhalt zeichnet sich vor allem durch hohe Transparenz und tiefe Dichte aus, bei den meisten kann ein goldener Schimmer nur erahnt werden.

Lange habe ich geglaubt, die Flüchtigkeit der Substanz sei das Problem und ich bekäme diese mit der richtigen Lagerung in den Griff, doch in der Zwischenzeit bin ich anderer Meinung. Gut möglich, dass es in erster Linie an der Unreinheit der Substanz liegt und es sich eher um eine Zersetzung als um eine Verflüchtigung handelt. Woher die Verunreinigung kommt, verstehe ich noch nicht wirklich. Ich habe allerdings zwei Hypothesen, die es noch zu testen gilt. Entweder habe ich eine Schwäche, die Substanz zu erkennen, wenn sie sich materialisiert, oder ich habe grundsätzlich Mühe, sie in hoher Qualität und Reinheit zu erzeugen.

Da ich das Problem bis jetzt nicht lösen konnte, bleibt mir nichts anderes übrig, als mich mit dem zufriedenzugeben, was vor mir steht. Auch wenn das äusserst enttäuschend ist, scheint es mir immer noch besser, ein schlechtes Produkt herzustellen, als gar keines.

Die Wahl der letzten Essenz dauert nicht lange, die Auswahl ist klein und die meisten Fläschchen sind so transparent, dass eigentlich nur zwei in Frage kommen. Keines der beiden löst ein richtig gutes Gefühl aus, doch beim einen fühle ich zumindest eine leichte Wärme in mir hochsteigen. Und so fällt dann auch die Entscheidung aus. Der Inhalt des Fläschchens ist zumindest genug intensiv in der Farbe, dass der goldene Schimmer deutlich zu erkennen ist. Etwas erleichtert stelle ich die letzte Essenz zu den anderen und versorge den Schlüssel in der Schublade. Dann drehe ich das Kühlwasser auf. Das sanfte Rauschen, mit dem das Wasser durch das Kondensatorrohr strömt, löst bei mir gemischte Gefühle aus. Einerseits ist da die Aufregung vor dem Moment der Wahrheit – wie gut wird die Mischung schlussendlich sein? Andererseits schwingt auch schon eine Vorahnung der Enttäuschung mit, denn noch nie habe ich Vollkommenheit erreicht.

Als das Kondensatorrohr gut gekühlt ist, beginne ich den Inhalt der Fläschchen in die Destille zu giessen, was tatsächlich gut funktioniert, denn obschon diese Stoffe optisch wie sehr dichte und schwere Gase wirken, verhalten sie sich in der Handhabung eher wie Flüssigkeiten, zumindest wenn man den Kniff mal heraushat. Die Reihenfolge, in der ich sie mische, entspricht derselben, in der ich sie ausgewählt habe. Zwischen den einzelnen Zugaben lasse ich den Substanzen genügend Zeit, sich gut zu mischen, zu reagieren und sich so zu einer neuen zu verwandeln.

Bevor ich die letzte dazu giesse, kühle ich den Bauch der Destille in einem Bad aus Trockeneis und Aceton. Ich kontrolliere nochmals, ob das Kondensatorrohr gut gekühlt ist. Obschon es beschlagen ist, überprüfe ich es mit der Hand. Danach stelle ich sicher, dass der Haupthahn des Gases aufgedreht ist, dazu öffne ich kurz das Ventil des Brenners neben der Destille. Ein Rauschen ist zu hören, der Geruch des Gases steigt mir in die Nase. Ich drehe das Ventil wieder zu und überprüfe erneut die Temperatur des Rohres.

Vorsichtig entferne ich die Wachsversiegelung mit einem Messer und giesse dann langsam und gleichmässig die letzte Zutat in die Destille, stets darauf bedacht, dass das Trockeneisbad nicht aufwallt. Während der Zugabe rühre ich die Mischung vorsichtig mit einem Glasstab. Obschon die letzte Substanz nicht besonders konzentriert ist, ist die Wirkung bei der Zugabe beeindruckend. Ist die Mischung zu Beginn noch so dunkel und dicht, dass sie tiefschwarz erscheint, hellt sie sich kontinuierlich auf, wird transparenter, bis sie am Schluss der Zugabe vollkommen durchsichtig und nahezu farblos ist, nur ein leichter rotblauer Schimmer ist noch auszumachen.

Ein letztes Mal überprüfe ich das Kondensatorrohr. Mit geübten Handgriffen setze ich die Haube auf die Destille, entferne vorsichtig das Trockeneisbad, wische sie mit einem Tuch trocken, schiebe den Brenner darunter, drehe das Ventil auf und entzünde die Flamme. Es ist essenziell, die Mischung jetzt schnell zu erhitzen. Angespannt warte ich, bis die ersten Schwaden des Produkts im eisgekühlten Glaskolben am Ende des Rohrs ankommen. Als es endlich in klaren Schwaden in den Kolben fliesst, macht sich Erleichterung in mir breit. Geduldig warte ich, bis nichts mehr herausfliesst und drehe dann den Brenner zu.

Erst als die Apparatur vollständig ausgekühlt ist und sich das Destillat im unteren Teil des Kolbens gesetzt hat, entferne ich diesen und verschliesse ihn mit einem Stopfen. Die Bewegungen habe ich über die Jahre perfektioniert. Sie sind einerseits ruhig und präzise, andererseits sehr flink und effizient. Nicht das kleinste bisschen des Destillats soll entweichen und auch keine Verunreinigung von draussen in den Kolben gelangen, viel zu wertvoll ist das Produkt.

Kritisch halte ich den Glaskolben in den Lichtkegel der Tageslichtluke. Das Kondensat ist nahezu farblos und klar, nur im richtigen Winkel erkenne ich einen schwachrosa Schimmer. Ein zufriedenes Lächeln kräuselt meine Lippen. Gleichzeitig verspüre ich ein tiefes Verlangen, das in meinem Innern erwacht.

Kurz überlege ich noch, ob ich den Kolben zur Aufbewahrung ins Regal stellen soll, doch das Verlangen ist schon zu gross geworden. Also setze ich mich an meinen Arbeitstisch und hole ein schwarzes Etui aus der Schublade. Das Innere ist mit rotem Samt ausgekleidet, darauf liegt eine elegant geformte Glaspfeife. Mit einem leichten Zittern greife ich nach der Pfeife und inspiziere sie gründlich. Als ich von ihrer Makellosigkeit überzeugt bin, lege ich sie ins Etui zurück. Dann ziehe ich den Brenner zu mir heran und entzünde ihn, drehe das Gas vorsichtig so weit runter, dass nur noch eine kleine gelbe Flamme züngelt.

Es fällt mir schwer, all diese Schritte mit Ruhe durchzuführen, doch ist mir bewusst wie entscheidend Sorgfalt hierbei ist, und so gelingt es mir jegliche Hast zu unterdrücken. Ich nehme den Glaskolben mit der leicht schimmernden Substanz in die eine Hand, mit der anderen will ich den Stopfen entfernen, doch ich zittere zu stark, also setze ich den Kolben nochmals ab, lehne mich im Stuhl zurück und verschränke meine Hände hinter dem Kopf. Das Zittern lässt nach.

Im zweiten Versuch klappt es, meine Hände bleiben ruhig und es gelingt mir, die Pfeife auf den Kolben zu stecken. Doch sobald ich ihn befestigt habe, kommt das Zittern zurück. Das spielt jetzt aber keine Rolle mehr. Ohne einen weiteren Moment zu vergeuden, halte ich ihn über die Flamme und setze meine Lippe an die Pfeife. Dann ziehe ich einmal vorsichtig. Nichts. Auch wenn ich nichts anderes erwartet habe, nimmt die Ungeduld, und damit auch das Zittern, nochmals zu.

Ich ziehe nochmals, weniger vorsichtig als zuvor. Diesmal spüre ich ein leichtes Kribbeln im Mund und dann eine wohltuende Wärme in meiner Lunge. Doch das ist nicht genug, ich will mehr und werde begieriger. Ich ziehe erneut, diesmal ohne jede Vorsicht. Die schwachrosa Schwaden glühen auf und werden dann durch die Pfeife in meine Lunge gesogen. Das Produkt schlägt mit voller Wucht in beiden Lungenflügeln ein. Ich werde von der Intensität überrascht, mein Brustkorb scheint zu explodieren und nur Augenblicke später auch mein Schädel.

*

Als ich wieder zu mir komme, liege ich nackt am Boden. Mein Mund ist trocken und pelzig, meine Nasenschleimhäute sind komplett ausgetrocknet. Der Geruch von Blut gemischt mit dem von verbranntem Fleisch erfüllt meine Atemwege und meinen Mund. Er scheint tief aus meiner Lunge zu kommen. Mein Schädel dröhnt, mein Körper wird von einem stechenden Schmerz durchzogen, als hätten tausende Nadeln meine Muskeln durchbohrt. Ein ekelhaftes Gefühl im Lendenbereich sagt mir, dass sich Blase und Darm unkontrolliert entleert haben. Meine Haut ist von unzähligen Schnittwunden überzogen, die zumindest das oberflächliche Brennen erklären.

Getrieben von Selbstekel raffe ich mich auf. Dabei durchfährt ein heftiges Stechen meinen Schädel und zwingt mich zu einer höllischen Grimasse. Erst jetzt sehe ich das volle Ausmass des Chaos, das ich angerichtet habe. Einige der Bretter hängen schief im Regal, der Boden ist mit Fläschchen und blutigen Scherben übersäht. Auch die Destille habe ich vom Tisch gerissen. Die Glaspfeife liegt zerbrochen und blutverschmiert auf der Tischplatte. Den Schnittwunden an meinen Handflächen nach habe ich sie wohl von Hand zerbrochen. Obschon die meisten Fläschchen unbeschadet geblieben sind und sich alles andere leicht ersetzen lässt, steigt Zorn in mir auf, wie warme, feuchte Luft an einem heissen Sommertag, oben trifft er auf eine kalte Schicht Selbstverachtung. Wolken türmen sich auf und der Sturm in mir beginnt zu wüten. Die Spannung steigt und will sich entladen.

Nur mit Mühe kann ich mich kontrollieren. Ich beisse mir auf die Lippen, fasse mir mit der linken Hand an die Schläfe und schliesse die Augen. Dann lege ich mir Zeigefinger und Daumen der rechten Hand auf die Brust, die anderen drei Finger sind ausgestreckt. Ich hole tief Luft und halte dann den Atem an, öffne langsam die Augen und beginne vorsichtig meine Hand vom Brustkorb wegzubewegen. Ein tiefroter Faden löst sich aus meiner Brust. Sachte, ohne zu atmen, führe ich ihn mit der Hand in ein leeres Fläschchen, wo der Faden langsam zu

Boden sinkt. Erst als ich den Flaschenhals mit einem Stopfen geschlossen habe, atme ich wieder aus.

Mit beiden Händen auf die steinerne Tischplatte gestützt verharre ich regungslos, atme ruhig und tief, schliesse die Augen und fühle, wie die Luft an meinen Nasenflügeln vorbeiströmt. Dann öffne ich die Augen langsam, richte mich auf und nehme das Fläschchen, wie immer mit Zeigefinger und Daumen am Hals, schwenke es behutsam hin und her und lasse es dann mit einer sanften Bewegung kreisen. Der Faden erhebt sich vom Boden und beginnt sich zu zersetzen, hellrote Schwaden ziehen durch das Fläschchen, bis sich der Faden ganz aufgelöst hat und es homogen gefärbt ist.

Leer und erschöpft lasse ich mich auf den Stuhl sinken und sammle mich für einen Augenblick, bevor ich mich anschicke, mich zu säubern und mein Laboratorium aufzuräumen.

Erdrückende
Schwerelosigkeit

Seit ich klein gewesen bin, trage ich bunte Ballons an meiner Schulter. Zuerst war da nur einer, ein kleiner, weisser. Während meiner Schulzeit kamen immer mehr dazu, und diejenigen, die schon länger da waren, wurden immer voluminöser und ihre Farben wurden intensiver. Sie schwebten über mir, waren durch Schnüre fest mit mir verbunden, ein unverkennbarer Teil meiner Erscheinung. Die Ballons seien mit wunderbaren Dingen gefüllt, erklärten mir meine Mutter und meine Lehrer dazumal. Ich könne jetzt zwar noch nicht an sie herankommen, doch wenn ich wachse und stärker würde, sollte es mir möglich sein, nach den Ballons zu greifen und deren Wunder zu einem festen Teil von mir zu machen.

In meiner Klasse gab es niemanden anderes mit solchen Ballons, was mich schon von weitem für alle als etwas Besonderes erkennen liess. Viele Lehrer mochten das Ballonkind und zeigten ein gesteigertes Interesse mir gegenüber, andere sahen über die Ballons hinweg und behandelten mich wie alle anderen und ein paar wenige waren wohl neidisch und liessen mich das durch Kälte und Ablehnung spüren. Auch die Mitschüler hegten ähnliche Gefühle mir gegenüber – von Interesse bis zu Ablehnung – zumindest konnte ich diese während den letzten Schuljahren deutlich wahrnehmen.

Da die Anzahl der Ballons über die Jahre anstieg und die meisten der vorhandenen an Grösse zunahmen, waren viele davon überzeugt, dass ich eines Tages fliegen werde; auch ich begann daran zu glauben, hatte manchmal sogar das Gefühl, für kurze Momente über dem Boden zu schweben. Doch als ich älter wurde und immer noch nicht flog, fingen die Ballons an, auf meine Schultern zu drücken. Eine Schwere erfasste mich in diesen Augenblicken, bremste mich, hielt mich zurück.

Die Ballons waren für die erste Zeit meines Lebens zwar ein willkommenes Attribut meines Selbst gewesen, das mich von den anderen unterschied und abhob, trotzdem hatte ich ihnen keine Beachtung geschenkt und mich nicht über sie identifiziert. Jetzt, da ich ihre Last auf meinen Schultern spürte, fokussierte ich mich immer mehr auf sie. Das Bedürfnis, an sie heranzukommen und mir ihren Inhalt einzuverleiben, bestimmte mich. Ich wollte endlich den entscheidenden Schritt machen, abheben und fliegen. Ich verschwendete viel Zeit dafür mir vorzustellen, wie schön es wäre, durch die Lüfte zu schweben.

Gleichzeitig fiel mir auf, wie die Wirkung der Ballons auf andere sich zu ändern begann. Menschen, die mich schon lange kannten, sahen sie zwar immer noch, doch wunderten sie sich, wieso ich denn nicht schon längst fliege, wieso sich das wundersame Ballonkind noch immer mühsam zu Fuss fortbewegte, währenddem andere, die nie das Glück hatten, von Ballons hochgezogen zu werden, schon lange zu fliegen gelernt hatten. Hingegen Menschen, die mich neu kennenlernten, ignorierten die Ballons meistens, denn ein Mensch in meinem Alter sollte eigentlich nicht mehr mit solchen herumlaufen.

Mit dieser Wahrnehmungsänderung anderer begann ich mich immer mehr unter Druck zu setzten, versuchte fast schon verzweifelt endlich an den Inhalt, das beflügelnde Gas, heranzukommen. Ich zog an den Schnüren, sprang in die Luft und schnappte nach ihnen, doch je stärker ich es versuchte, desto unerreichbarer wurden sie. Und es erschöpfte mich. Nicht nur lernte ich nicht fliegen, sondern fiel es mir auch immer schwerer, mich zu Fuss fortzubewegen. Meine Schritte wurden träge und meine Körperhaltung gebückt, als ob sich das Gas in den Ballons langsam in Quecksilber umgewandelt hätte und sie mit ihrem vollen Gewicht auf meinen Schultern lasteten. Trotzdem glaubte ich immer noch daran, dass ich eines Tages an den Inhalt der Ballons herankommen und fliegen lernen würde.

Wahrscheinlich glaubte ich es vor allem, weil ich Angst hatte, ohne die Ballons und deren Inhalt nichts zu sein. Mein ganzes Leben war inzwischen darauf ausgerichtet, mich mit deren Inhalt zu vereinen und so das ganze Potenzial meines Wesens auszuschöpfen. Die Menschen in meinem Leben – mich eingeschlossen – beurteilten mich stets so, als ob es selbstverständlich wäre, dass ich mir den Inhalt der Ballons aneignen werde, oder eigentlich noch fast eher, als ob ich deren Inhalt schon einverleibt hätte und dieser ein aktiver Bestandteil von mir geworden wäre. Doch sie blieben stets ein passives Anhängsel und so waren auch alle Urteile über mich schlussendlich unzutreffend gewesen. Nichts als grobe Fehleinschätzungen, die mich in die Irre geführt hatten.

Nun stehe ich hier an einer Strassenkreuzung, das Gewicht der Ballons hat meine Körperhaltung verformt. Mein Oberkörper ist nahezu rechtwinklig nach vorne gebeugt, meine Füsse werden in den Asphalt gedrückt; ich kann mich unmöglich weiterbewegen. Wohin ich überhaupt gehen wollte, habe ich vergessen, oder vielleicht habe ich es gar nie gewusst. Menschen eilen an mir vorbei, andere schweben oder fliegen, die meisten beachten mich nicht, nur einige wenige halten verdutzt inne und wundern sich kurz über mich. Manche beginnen zu lachen, sobald die Verwunderung nachlässt; andere versu-

chen mir zu helfen und mich aus dem Asphalt herauszu-
ziehen. Doch schlussendlich gehen alle weiter, nur ich
stecke fest und versinke immer tiefer. Und noch immer
versuche ich nach den Ballons zu greifen, sie zu mir her-
unterzuziehen. Noch immer glaube ich, dass meine Erlösung in ihnen steckt, sie mich befreien können.

Meine Situation wird immer hoffnungsloser, mir ist
klar, hier werde ich nicht mehr lange stehen bleiben können. Nochmals nehme ich alle Kräfte zusammen, kon-
zentriere mich, greife nach den Schnüren und ziehe so
fest ich kann. Ich beginne mich zu bewegen, langsam
gleiten meine Füsse nach oben, zumindest fühlt es sich
so an. Dieses Gefühl motiviert mich, spornt mich an.
Hoffnung kehrt zurück, ich kann es schaffen, gehe
nochmals in mich und mobilisiere auch noch die letzten
Kräfte. Dann ziehe ich, wachse über mich hinaus, ver-
zerre mein Gesicht unter Zähneknirschen zu einer hässlichen Grimasse, die Passanten zum Anhalten zwingt.
Auch wenn ich in meiner Anstrengung ihre Gesichter
nicht wirklich wahrnehme, bin ich überzeugt, dass sie
mich erstaunt anstarren, bevor sie dann doch wieder ver-
ständnislos den Kopf schütteln und weitergehen.

Plötzlich spüre ich ein Stechen in meinem Herz, als
ob es sich verkrampfen und zu einem Stein zusammen-
ziehen würde. Entsetzt lasse ich von den Schnüren ab,
greife mit beiden Händen an meine Brust und taste nach
meinem Herz. Das Stechen verschwindet so plötzlich
wie es gekommen ist, doch der Schock bleibt. Was ist

gerade geschehen? Und erst als er nachlässt, merke ich, wie ich zurück in den Asphalt gesunken bin, tiefer als zuvor, und ich sinke noch immer. Ein letztes Mal versuche ich verzweifelt, mich an den Schnüren hochzuziehen, doch ich bin leer, da ist keine letzte Reserve mehr vorhanden. Allein das Halten der Schnüre fällt mir schwer.

Als ich bis zu den Knien versunken bin, resigniere ich und in diesem Moment beginnt eine Idee in meinem Gehirn zu kristallisieren, die wohl schon vor langem in meinem Kopf entstanden ist. Weder die Ballons noch deren Inhalt können mir helfen zu fliegen. Sie haben zwar einmal unzertrennlich zu meinem Wesen gehört, doch genauso gehörte dazu, dass ich nicht die Möglichkeit hatte, an sie heranzukommen. Schon vor langer Zeit ist die Verbindung zu ihnen abgestorben und ich hätte mich ihrer entledigen sollen.

Noch bevor der Gedanke komplett auskristallisiert ist, höre ich über mir ein leises Ploppen und kurz darauf spüre ich etwas Feuchtes auf meiner Stirn. Ich wische es mir mit dem Handrücken weg, es ist ein weisslicher Schleim, über dessen Oberfläche ein zartrosa Schein zu schweben scheint. Ein intensiver Geruch, den ich intuitiv als jenen abgestandener Träume erkenne, geht von ihm aus. Wie genau ich das ohne jeden Zweifel erkennen kann, ist mir ein Rätsel, denn bis anhin habe ich nicht einmal gewusst, dass Träume riechen. Auch wenn es unmöglich ist, so einen Geruch in die Bestandteile zu zerlegen, würde ich ihn am ehesten als eine Mischung aus dem Duft, der einem frischgebackenen Brot beim Anschneiden entweicht, und dem Gestank von verfaultem Fisch beschreiben.

Ich richte meinen Blick nach oben, einer der Ballons ist geplatzt. Ich sehe gerade noch, wie ein paar knallgelbe Fetzen davongeweht werden. Die Schnur, an der er befestigt gewesen ist, ragt immer noch in die Höhe, zersetzt sich aber langsam von oben nach unten zu Staub und wird vom Wind davongetragen. Meine Augen folgen staunend der verschwindenden Schnur, bis sie sich ganz aufgelöst hat, erst dann richte ich meinen Blick wieder nach oben. Was den Ballon wohl zum Platzen gebracht hat? Da ist nichts, das als Auslöser in Frage kommt, und sowieso, bis jetzt ist noch nie ein Ballon kaputt gegangen, wieso also gerade in diesem Moment?

Gedankenversunken starre ich weiter nach oben und stelle fest, dass mich der Verlust des Ballons erleichtert hat. Ich glaube zu fühlen, aufrechter dazustehen, auch wenn es nur der Bruchteil eines Grades sein mag und es für mich immer noch fast unmöglich ist, meinen Blick gerade nach oben zu richten. Und da kristallisiert der nächste Gedanke in meinem Unterbewusstsein wie ein Salzkristall aus einer übersättigten Lösung. Nicht nur können mir die Ballons nicht zu fliegen helfen, sie hindern mich auch am Gehen, sogar am Aufrechtstehen.

In diesem Moment ploppt es erneut, ein roter Ballon ist geplatzt. Da ich immer noch nach oben schaue, bekomme ich den Schleim voll ins Gesicht. Die Konsistenz ist ähnlich wie beim Vorherigen, nur glänzt er diesmal golden. Es brennt in den Augen, schmeckt bitter und salzig im Mund. Der Geruch ist so konzentriert, dass er mich nahezu erstickt und es mir unmöglich ist, etwas herauszuriechen, doch ich assoziiere ihn mit überwucherten Erwartungen. Ich wische mir die Augen sauber, das Brennen lässt nach. Auch der irritierende Geschmack im Mund verschwindet, nachdem ich ein paarmal ausgespuckt habe.

Der nächste Gedanke drängt sich mir auf. In all den Jahren, in denen ich versucht habe, an meine Ballons heranzukommen, habe ich den Inhalt unzähliger anderer Ballons in mir aufgenommen und zu einem wichtigen Teil von mir gemacht. Sie haben mich gestärkt, tiefer und klarer gemacht, doch ich habe mich nicht daran erfreut, habe es nicht einmal bemerkt.

Inzwischen hat sich eine kleine Menschenmenge um mich versammelt. Anscheinend gibt es doch noch Leute, die sich so ein Spektakel nicht entgehen lassen wollen. Und sie werden für ihre Neugierde belohnt, denn nun platzt ein Ballon nach dem anderen, und ich werde mit Schleim in allen möglichen Farben und Gerüchen übergossen. Assoziationen schiessen mir durch den Kopf, verfliessen miteinander, mischen sich.

Am Schluss ist nur noch der weisse Ballon übrig. Die Menschen um mich herum sind hellwach und begeistert, sie warten gespannt darauf, auch noch den letzten platzen zu sehen. Ich hingegen bin erschöpft, die ganzen

Gerüche und Farben haben mich ermüdet. Aber es ist eine schöne Müdigkeit, eine versöhnliche und zufriedene, wie nach einer langen, anstrengenden, aber wunderbaren Wanderung. Trotz der Erschöpfung stehe ich inzwischen fast aufrecht da, fühle mich so vital wie schon lange nicht mehr. Und auch ich warte gespannt darauf, dass der letzte und zugleich auch älteste Ballon platzt.

Die Abstände zwischen den bunten Explosionen sind gegen den Schluss kurz geworden. Ich hatte Mühe, die einzelnen zu unterscheiden. Doch jetzt scheint es eine Ewigkeit zu dauern, bis auch noch der weisse seinen Inhalt über mich ergiesst. Alle schweigen, starren gebannt auf das weisse Oval, das über mir schwebt. Eine gespannte Stille liegt über der Kreuzung.

Plötzlich ist ein leises, aber hartes Klopfen zu hören. Zuerst drei Schläge – tock-tock-tock – dann wieder Ruhe. Erstaunte und verwirrte Blicke werden ausgetauscht, woher kommt das Geräusch? Nur mir ist sofort klar, dass es von direkt über mir kommt. Das Klopfen wiederholt sich, wird lauter. Einmal, zweimal, dann ist ein leises Knacken zu hören, gefolgt von einem leichten Knistern. Der Ballon bekommt Risse. Noch ein Klopfen, noch ein Knacken gefolgt von einem Knistern, dieses Mal lauter und länger. Der Ballon bricht auseinander. Ein kleiner braungrauer Vogel hüpft heraus, flattert über mir in der Luft und zwitschert fröhlich. Intuitiv strecke ich die Hand aus, der Vogel nimmt die Einladung an und landet, ohne zu zögern. Er schaut mir in die Augen, ich erwidere seinen Blick, dann umfasse ich ihn mit beiden Händen, drücke ihn an meine Brust, halte ihn für einen Augenblick dort und schliesse die Augen. Dann küsse ich den kleinen Vogel auf sein Köpfchen, strecke die Arme wieder von mir und öffne die Hände. Der Vogel flattert davon, direkt gegen den Himmel zu. Mit ihm verschwinden auch der farbige Schleim und die seltsamen Gerüche. Ich stehe aufrecht, meine Füsse fest auf dem Boden, nicht mehr im Asphalt. Mit einem grossen Atemzug lasse ich Luft in meine Lunge strömen. Sie riecht nach nichts und doch nach allem, der Duft gefühlter Freiheit.

Als klar ist, dass nichts weiter geschehen wird, zerstreut sich die Menschenmenge langsam. Die meisten setzen einfach ihren ursprünglichen Weg fort, einige applaudieren noch kurz, andere diskutieren angeregt miteinander, dabei nicken sie gelegentlich in meine Richtung, zeigen auch mal mit dem Finger auf mich. Ganz wenige trauen sich zu mir nach vorn, klopfen mir auf die Schulter, gratulieren mir oder werfen mir mit teils anerkennendem, teils erbarmendem Blick ein paar Münzen in den Hut zu meinen Füssen.

Menschenwürfel

Ich kann nicht länger hier drinnen bleiben, die Zeit ist gekommen auszubrechen. Es ist dunkel hier, die Wände sind zerkratzt, die Luft ist abgestanden. Eng ist es schon immer gewesen, doch konnte ich mich früher zumindest noch problemlos bewegen. Die Wände wachsen unaufhaltsam auf mich zu. Bald werden sie mich zerdrücken, mich zu einem blutigen Klumpen aus Fleisch und Knochen zusammenpressen.

Doch wie bin ich überhaupt hier gelandet? Noch immer denke ich häufig an den Tag zurück, an dem alles begonnen hat. Was sich die Leute gedacht haben, als ich Bündel um Bündel von Holzbrettern auf die Terrasse vor dem Bahnhof getragen habe, weiss ich nicht. Ich weiss nicht einmal, was *ich* mir dabei gedacht habe. Es muss ein seltsames Bild gewesen sein, seltsam genug, dass wohl die meisten davon ausgingen, es handle sich um ein von der Stadt bewilligtes Kunstprojekt. Ja, selbst die Leute von der Stadtverwaltung schienen dies zu glauben, auch wenn niemand genau wusste, wer diese alberne Installation denn eigentlich genehmigt hatte.

Es ist ein schöner Bahnhof. Die Fussgängerpassage öffnet sich auf der einen Seite hin zu der Terrasse oberhalb des Flusses, auf der ich mein «Kunstprojekt» zu realisieren gedachte. Auf der anderen Seite des smaragdgrünen Stromes sitzt die liebliche Altstadt auf einer kleinen Felserhöhung direkt am Wasser. Die steile Felswand geht direkt in die Mauern der darüberliegenden Häuser über. Eine alte Holzbrücke mit vermoostem Dach führt von der Bahnhofseite über den Fluss mitten in den Kern der Altstadt, dort wo der Stadtturm sich in die Höhe reckt und mit seinem kupfergrünen Dach alles überragt.

Auch wenn in den Wintermonaten die Altstadt und der Stadtturm vom Bahnhof aus durch den dichten Nebel nur selten zu erkennen sind, mag ich die Stimmung zu dieser Jahreszeit besonders. Gerade dann, wenn sich der Nebel rücksichtslos durch die Fussgängerpassage walzt, fühle ich mich hier am meisten zuhause.

Genau so ein Tag war es, als ich unter vielen wundernden Blicken vorbeieilender Passanten meine Holzbretter auf der Terrasse aufzustapeln begann. Nur vereinzelt hielten Leute inne – die meisten waren ältere Menschen auf einem Bummel durch das Städtchen – und fragten mich, was ich denn mit all dem Holz vorhabe. Die Antwort, ich wisse es selbst noch nicht, schien sie so zu erstaunen, dass ihnen die weiteren Fragen im Hals stecken blieben und sie nur kopfschüttelnd weitergingen. Natürlich war meine Antwort eine Lüge, ich wusste genau, was ich tat. Zumindest war ich davon überzeugt, es zu wissen.

Zuerst baute ich aus den Holzbrettern ein grosses Podest, ungefähr drei auf drei Meter, und gerade so hoch, dass es mir ohne Mühe möglich war, hinaufzusteigen. Danach begann ich auf dem Podest einen Würfel zu errichten, mit einer Kantenlänge von rund zwei Metern. Als ich damit beschäftigt war, die letzte Wand zu zimmern, trat ein älterer Herr zu mir hin. Er hatte mich zu Beginn schon mal gefragt, was ich denn eigentlich vorhabe, und war auf meine Antwort kopfschüttelnd davongeschlurft. Wahrscheinlich war sein Stadtspaziergang zu Ende und er auf dem Nachhauseweg.

«Und, wissen Sie jetzt, was Sie vorhaben?»

In seiner Frage schien echtes Interesse zu liegen, doch in seinen Gesichtszügen schwang eindeutig auch Spott mit. Ich schaute zuerst ihn an, wendete mich dann dem Würfel zu, musterte diesen und tat so, als ob ich es mir immer noch überlegen müsste. Um den Eindruck zu verstärken, rieb ich mir mit der Hand das Kinn. Dann murmelte ich langsam und darauf bedacht, gedankenversunken zu klingen: «Hmm… Wie's aussieht ein Würfel aus Holz auf einem Podest».

Der Mann schaute mich befremdet an, seinem Gesichtsausdruck nach war er nun vollkommen davon überzeugt, einen geistig Verwirrten vor sich zu haben. Und so wendete er sich auch dieses Mal ab, ohne weiter nachzuhaken, und schlurfte kopfschüttelnd davon. Doch schien in seinem Gang diesmal Mitleid mitzuschwingen, oder zumindest in den Blicken, die er mir im Fortgehen mehrmals über die Schultern zuwarf.

Die letzte Wand des Würfels war fast fertig, nur noch ein paar Bretter und dann wäre er zu. Vorsichtig schob ich das restliche Holz und das Werkzeug durch die verbliebene Öffnung ins Innere des Kubus und stieg dann selbst durch den Spalt hinein. Bevor ich nun damit begann, die Öffnung von innen zu verschliessen, schoss mir ein Gedanke durch den Kopf. Mit einem Grinsen im Gesicht griff ich mir ein Holzbrett, eine Latte und mein Werkzeug, kletterte wieder hinaus und machte mich an die Arbeit.

Ich liess mir Zeit, arbeitete mit grosser Sorgfalt. Als ich fertig war, stieg ich vom Podest und begutachtete mein Werk aus respektvoller Distanz. Der Würfel war mir gut gelungen, das Podest machte sich auch nicht schlecht. Doch hätte dem Ganzen eindeutig etwas gefehlt ohne die vorne am Podest angebrachte Holztafel, die mein Werk auswies. In leuchtend roter Schrift, die den dichtesten Nebel zu durchstechen vermochte, stand dort geschrieben:

MENSCHENWÜRFEL

-

Weltflucht nach Innen

Ein zufriedenes Lächeln huschte über meine Lippen, als ich zurück auf das Podest stieg. Waren die Kommentare und Blicke der Menschen doch noch zu etwas gut gewesen. Ich zwängte meinen Körper durch den Spalt und machte mich dieses Mal ohne Zögern daran, die letzte Wand fertig zu zimmern. Erst danach richtete ich mich auf und schaute mich im Würfel um.

Ich war überrascht von dem Ergebnis, der Würfel schien mir nach meinen Wünschen gelungen zu sein, was ich daran erkannte, dass ich nichts erkennen konnte. Nahezu kein Licht drang durch die Wände ins Innere hinein. Nun begann das Warten aufs Ungewisse, denn was jetzt genau auf mich zukommen würde, wusste ich tatsächlich nicht.

Schon bald verlor ich das Zeitgefühl, nur der Lärm des voranschreitenden Alltags drang gedämpft von draussen zu mir und war mein einziger Anhaltspunkt, um die Tageszeit abzuschätzen. Gelegentlich erklang ein fragendes oder erstauntes Klopfen. Meist folgte so ein Klopfen auf die Frage: «Was das wohl sein mag?» und wurde gefolgt von der Antwort: «Keine Ahnung, vielleicht eines dieser Kunstprojekte, die niemand so richtig versteht und für viel Geld verkauft werden». Nach einem weiteren Klopfen wurde noch das Ohr an die Wand angelegt und als sie nichts hören konnten, entfernten sich die Stimmen meistens. Zumindest stellte ich mir das von hier drinnen so vor, denn natürlich wusste ich nicht, was die Leute da draussen genau trieben.

Ich lauschte den Gesprächsfetzen, die ich aufschnappen konnte, begann mir die Leute vorzustellen, wie sie ihrem normalen und bedeutungsvollen Leben nachgingen, und stellte fest, wie fremd mir diese Leute und dieser Alltag waren, wie unwohl ich mich dort draussen gefühlt hatte und gleichzeitig, wie gut es mir hier drinnen ging. Geschützt vor der Unbarmherzigkeit der Welt. Und ich war überzeugt, meinen sicheren Raum nie wieder verlassen zu wollen.

Nach ein paar Wochen oder vielleicht auch Monaten, ich kann es nicht mehr sagen, bemerkte ich kleine Veränderungen in meinem neuen Zuhause. Tastete ich die Wände ab, waren da keine Ritzen mehr zwischen den einzelnen Brettern. Das Holz schien sie überwachsen zu haben. Nicht frisches, saftiges, sondern, altes, totes Holz. Auch das Werkzeug war davon verschlungen worden. Dieser Vorgang beunruhigte mich jedoch nicht. Im Gegenteil, er befriedigte mich. Jetzt war jeder Fremdkörper hier verschwunden, alles, was mich mit der Welt dort draussen verband. Nur noch ich in meinen vier Wänden.

Damit lag ich allerdings falsch, das sollte ich bald bemerken. Zwar war ich in meinem Würfel versteckt, doch bekam ich die Aussenwelt noch immer mit. Auch wenn die Wände immer dicker wurden und die Dunkelheit sich dadurch nahezu materialisierte, drangen Geräusche von draussen immer deutlicher zu mir durch. Manchmal schien es mir, ich höre Gespräche von überallher. Sie wurden vom Städtchen, vom Land und sogar aus weitentlegenen Tälern zu mir herangetragen. Ich hörte, wie die freien Menschen ihr normales Leben führten. Auch wenn dies bei Weitem nicht immer reibungslos verlief und oft alles andere als unbeschwerlich war, fanden sie sich doch immer irgendwie zurecht. Das peinigte und quälte mich. Immer wieder wurde mir meine eigene Unzulänglichkeit ins Bewusstsein gerufen. Und damit wuchs auch die Angst vor dieser harten, unbarmherzigen Welt, in der schwache Wesen wie ich offensichtlich nichts verloren hatten. Je länger ich hier abgeschottet war, desto klarer wurde diese Einsicht. Hätte es zu Beginn vielleicht noch einen Platz für mich dort draussen gegeben, so gab es ihn nun sicherlich nicht mehr.

Genau das war schlussendlich der Grund, wieso ich mich hier eingezimmert hatte. Die Welt ist brutal, sie ist hart, verzeiht keine Fehler. Und genau das bin ich, ein Fehler, nichts weiter. Irgendetwas ist bei mir schiefgelaufen. Vielleicht lag der Fehler schon in meinen Genen, vielleicht passierte er bei der Erziehung, vielleicht habe ich ihn selbst verschuldet. Ich weiss es nicht und es ist im Endeffekt irrelevant. Was zählt, ist, dass ich falsch bin, eine Anomalie, die nie hätte passieren dürfen. So etwas wie ein Flüchtigkeitsfehler der Natur.

Als wollte mich das Holz schützen, begann es mit meinen zunehmenden Qualen immer schneller zu wachsen. Die Wände wurden dicker, doch sie konnten mich nicht vor den Stimmen schützen. Und plötzlich durchdrang ein absurder Gedanke das müssige Gerede. *Diese Wände werden dich unweigerlich zerdrücken. Wahrscheinlich nicht heute oder morgen, aber irgendwann wird es so weit sein.* Der Gedanke beunruhigte mich anfänglich nicht gross – irgendwann lag in weiter Ferne.

Doch mit der Zeit, als die Wände deutlich näher rückten, überfiel mich eine wiederkehrende, panische Verzweiflung. In solchen Momenten beengte mich der Würfel wie ein Gefängnis, und ich wollte nur noch eins: aus dieser Zelle entfliehen. Ich schrie, warf mich mit voller Wucht gegen das Holz, schlug und trat dagegen, kratzte und nagte daran, doch nichts geschah. Wenn ich mich dann wieder beruhigte – entweder auf Grund der Erschöpfung oder weil ich mir die Sinnlosigkeit meines Unterfangens ins Bewusstsein rufen konnte, denn dort draussen wollte ich ja auch nicht sein – rückten die Ängste und die Verzweiflung wieder in die Ferne und die Erleichterung, vermittelt durch den Schutz meiner vier Wände, kehrte zurück.

Auch wenn ich mir das Zerquetschtwerden und der damit verbundene schmerzvolle Tod äusserst unangenehm vorstellte, war es nicht das, was bei mir die Panik auslöste – mir ist von Anfang an bewusst gewesen, dass ich hier nicht lebend rauskommen, nie wieder in die Welt dort draussen zurückkehren würde – viel mehr war es der Kontrollverlust, der mich in den Wahnsinn trieb. Ich hatte die Selbstbestimmung über das Ende meines Lebens verloren, oder zumindest gab es einen Punkt, über den hinaus ich es nicht mehr verlängern konnte. Und dieser Punkt lag nicht mehr in allzu weiter Ferne.

Mit jedem Millimeter, den die Wände auf mich zuwuchsen, fühlte ich diesen Kontrollverlust stärker werden. Damit nahmen auch die Häufigkeit und Intensität meiner Verzweiflungszustände zu, bis ich mich dazwischen nie mehr richtig beruhigte. Und dies führt mich zu meiner momentanen Situation: Ich kann einfach nicht länger hier drinbleiben.

Ich kann weder die Dunkelheit noch die abgestandene Luft länger aushalten. Auch bewegen kann ich mich kaum noch, mein Körper schmerzt vor lauter Verrenkungen. Und vor allem will ich hier nicht wie eine Kakerlake zerquetscht werden. Doch in die erbarmungslose Welt dort draussen will ich immer noch nicht zurück. Sowieso gibt es dort keinen Platz mehr für mich, und um mir einen zu schaffen, müsste ich Teil von ihr sein. Wobei ich überzeugt bin, dass ich es auch so nicht könnte. Doch welche Optionen bleiben mir sonst noch? Die Zeit drängt. Der Übergang von *irgendwann* zu *jetzt* ist um die nächste Ecke.

Ich spüre die Wände, zuerst am Kopf, dann an den Händen und am Rücken. Ich stemme mich dagegen, versuche sie aufzuhalten, wegzudrücken. Es ist zwecklos, je mehr ich dagegen ankämpfe, desto grösser wird der Druck, desto schneller wachsen die Wände. Ich kann nicht mehr stehen, werde zu Boden gedrückt. Meine innere Uhr zerbricht, vergehen Minuten, Stunden oder Jahre? Ich weiss es nicht. Meine Körperhaltung wird immer verkrampfter, ich ziehe die Knie zum Kinn hoch, versuche mich so klein wie möglich zu machen.

Ich habe mich komplett zusammengefaltet, kann mich nicht mehr kleiner machen, trotzdem pressen die erstaunlich kalten Holzwände von allen Seiten gegen mich. Mein Körper schmerzt inzwischen unerträglich. Ich resigniere, hier und jetzt endet alles. Ich sitze zusammengestaucht da und frage mich, welcher Körperteil als erstes nachgeben würde: die Knie, der Nacken, die Wirbelsäule? Bald würde ich tatsächlich nicht mehr sein als ein zusammengepresster Menschenwürfel. Die Ironie, die dem Schild vor meinem «Kunstwerk» innewohnt, erfüllt mich mit einer seltsamen Ruhe. Ja, so scheint es mir doch am besten zu sein.

Die Ruhe hält allerdings nicht lange. Plötzlich kracht es, Bretter bersten, werden weggerissen. Eine Hand greift nach mir, packt mich und zieht mich aus den Trümmern heraus. Mein Herz rast, ich schnappe nach Luft. Meine Knie werden weich, ich beginne zu fallen. Doch ich werde aufgefangen, gestützt, umarmt und gedrückt. Jemand redet mir mit sanfter Stimme beruhigend zu. Eine Stimme, die ich kenne, die mich mit Wärme erfüllt und mir Geborgenheit vermittelt.

Entbindung

Als meine Mutter mit mir schwanger war, diagnostizierten die Ärzte bei mir eine seltene Fehlbildung. Dabei handelte es sich um eine metabolische Dysfunktion, die mir verunmöglichte, ohne die Versorgung über die Nabelschnur zu überleben. Durch äusserst komplexe medizinische Eingriffe konnte ein Team von Spezialisten die Verbindung zu meiner Mutter nach der Geburt aufrechterhalten. So überstand ich die ersten Jahre meines Lebens, gebunden an meine Mutter durch ein dickes, hässliches Blutgefäss.

Mein Leben war damals von vielen Arztbesuchen geprägt. Fälle wie mich gibt es nur sehr selten – ich war der erste, der mehr als eine Woche überlebte – und sie erregten Interesse weit über die entsprechenden Fachkreise hinaus. Es schien, als ob jeder einen Blick auf das medizinische Wunder werfen und seine Meinung dazu abgeben wollte. Entgegen den meisten Voraussagen entwickelte ich mich nahezu wie ein ganz normales Kind, zumindest wenn man von der Nabelschnur und den dazugehörigen Begleiterscheinungen absah.

Die lebensspendende Verbindung wuchs mit mir. Ich wurde stärker, meine Mutter schwächer. Ich war damals noch zu klein, um zu begreifen, was eigentlich los war. Trotzdem nahm ich wahr, dass sich der Gesundheitszustand meiner Mutter verschlechterte und dies irgendetwas mit mir zu tun hatte. Wahrscheinlich gab ich mir damals sogar unbewusst die Schuld für das Leid meiner Mutter, auch wenn ich noch keine Ahnung hatte, was Schuld und Leid überhaupt bedeuten.

Immer häufiger hatten wir Termine bei Frauen und Männern in weissen Kitteln mit besorgten Gesichtern. Die Sorge galt längst nicht mehr mir allein, sondern hauptsächlich meiner Mutter. Sie legten ihr ans Herz, sich von mir trennen zu lassen. Eine neuartige Maschine sollte ihre Funktion übernehmen. Doch meine Mutter weigerte sich energisch dagegen. Zu gross war ihre Angst, ich könnte den Stress der Operation nicht überstehen. Dazu glaubte sie, keine Maschine, sei sie noch so fortschrittlich und ausgeklügelt, vermöchte die Funktion der leiblichen Mutter zu übernehmen. Erst als sich abzeichnete, dass sie bald sterben würde, liess sie sich überzeugen. Denn auch ihr war bewusst, spätestens nach ihrem Tod müsste ich anders versorgt werden. Sie rang den Ärzten allerdings das Versprechen ab, uns wieder zu verbinden, sobald mein Zustand es erforderte, egal ob ihrer es zuliess.

Es war der zehnte Todestag meiner Mutter, als mir mein Vater dies unter starkem Alkoholeinfluss, voller Verbitterung und nicht ganz ohne Vorwurf erzählte.

*

Meine Mutter sollte recht behalten, was die Maschine anbelangte. Mein Körper lechzte nach mehr, als mir die Maschine geben konnte. Die Ärzte, Wissenschaftler und Ingenieure waren alle überzeugt, die Flüssigkeit, die von der Maschine zu mir floss, sei chemisch identisch mit der Flüssigkeit, die zuvor von meiner Mutter zu mir geflossen war. Die drastische Abnahme meiner Vitalfunktionen widersprach dieser Überzeugung jedoch eindeutig. Also wichen sie auf einen alternativen Plan aus, für den schon eine Weile Vorkehrungen getroffen wurden: Eine Drittperson sollte an die Stelle meiner Mutter treten, sozusagen in der Rolle als nachgeburtliche Leihmutter. Offiziell wurde sie als Amme bezeichnet, wahrscheinlich um es etwas weniger invasiv klingen zu lassen.

Die Rekrutierung von potenziellen Kandidatinnen erwies sich allerdings als schwierig. Die Verpflichtungen und persönlichen Einschränkungen, die mit dieser Funktion einhergingen, waren gross. Auch ein gesundheitliches Risiko für die Amme konnte nicht ausgeschlossen werden, was wohl die meisten abschreckte. Dazu mussten zusätzlich die biologischen Voraussetzungen passen. Trotzdem fanden sie innert nützlicher Frist eine geeignete Kandidatin. Eine junge Frau, die gerade eine Fehlgeburt hinter sich hatte. Eine virale Infektion hatte bei ihr nicht nur zur Abstossung des Fötus geführt, sondern ihr auch die Möglichkeit genommen, je wieder schwanger zu werden.

Die medizinischen Eingriffe waren noch einiges komplizierter als zuvor. Die Plazenta konnte bei der Fehlgeburt gerettet werden und, bis alle nötigen Abklärungen gemacht waren, mit einer Perfusionsmaschine am Leben erhalten werden. In einer mehrtägigen Prozedur transplantierte ein aus führenden Spezialisten bestehendes Team die Plazenta auf meine Seite der Nabelschnur, damit bei der Leihmutter kein grösserer Eingriff notwendig war. Die Nabelschnur wurde dann über ein kurzes Verbindungsstück mit einem einfachen Zugang am Bauch mit ihr verbunden. Dieses Zwischenstück war nicht viel mehr als eine kleine Pumpe, die den Flüssigkeitsaustausch zwischen uns gewährleistete.

In kurzer Zeit erholte ich mich so gut, dass die Ärzte schon bald die Überzeugung erlangten, eine permanente Bindung zur Amme sei nicht notwendig. Ein Wechsel zwischen der Amme und der Maschine reiche aus. Dies hatte zwei Vorteile. Einerseits konnte so die Maschine fortlaufend optimiert und getestet werden, andererseits sorgte das Vorgehen für eine Entlastung der Amme. Dieser Schritt war in erster Linie eine Vorsichtsmassnahme, denn nicht nur ich erholte mich erstaunlich gut, sondern auch die Leihmutter überwand die enormen körperlichen und psychischen Strapazen der Infektion und der Fehlgeburt schneller als erwartet.

Bis in meine frühe Jugend funktionierte dann alles wunderbar. Mein Zustand wurde so stabil, dass ich in der vierten Klasse vom Heimunterricht auf eine öffentliche Schule wechselte. Dort betrachteten mich die meisten als Sonderling und wollten im besten Fall nichts mit mir zu tun haben, meistens diente ich ihnen jedoch als Zielscheibe für ihren Spott und ihre Hänseleien. Trotzdem war mir die Schule lieber als der einsame Unterricht zuhause, denn in der Klasse hatte ich das Gefühl, Teil eines normalen Alltags zu sein, und vergass manchmal sogar meine besonderen Umstände für eine Weile. Im Verlaufe der Jahre gelang es mir dann, mich mit einem Jungen aus meiner Klasse anzufreunden. Wie ich hatte er es nicht einfach – er war stark übergewichtig und wurde deswegen bei jeder Gelegenheit gehänselt – doch im Vergleich zu meinem schien sein Leben ganz gut zu sein.

Mit dem Beginn der Pubertät machten sich bei der Amme leider erste Anzeichen der Erschöpfung bemerkbar. Sie war oft müde und reagierte teils gereizt auf Situationen, die sie früher mit Leichtigkeit abgetan hätte. Gut möglich, dass dies mit Entwicklungen zusammenhing, die in meinem Körper mit dem Beginn der Pubertät ins Rollen kamen. Vielleicht war es aber auch eine kontinuierliche Auslaugung der Amme über die Jahre gewesen, die unbemerkt in ihrem Inneren vorangeschritten war und erst jetzt an die Oberfläche trat. Wahrscheinlich liegt die Wahrheit irgendwo dazwischen.

Eine für mich weitaus belastendere Veränderung fand gleichzeitig statt. Die Nabelschnur wuchs zum ersten Mal seit meiner frühen Kindheit wieder. Ihr Anblick und der medizinische Geruch, der von ihr ausging, hatten mich schon immer mit Wut und Scham erfüllt. Ich verabscheute mich für meine Hässlichkeit. Durch das erneute Wachstum verstärkten sich diese Gefühle nochmals.

Es half auch nicht, dass all meine Schulfreunde – wovon ich auf Grund meiner Umstände immer noch nicht allzu viele hatte – damals ihre ersten Erfahrungen mit Mädchen machten. Mir hingegen blieb nichts anderes übrig, als mich mit der Frage zu quälen, wie sich je ein Mädchen auf mich – so abstossend wie ich war – emotional und körperlich einlassen sollte? Im Übrigen verspürte ich nicht die geringste Lust, mich jemals vor einem Mädchen zu entblössen oder es überhaupt nur annähernd soweit kommen zu lassen.

Die Nabelschnur wurde dicker und schien regelrecht den Lebenssaft aus dem Körper der Amme zu ziehen. Deren Gesicht war mittlerweile eingefallen, ihr Körper abgemagert und ihre Bewegungen lethargisch. Nicht mehr lange und von ihr wäre nicht viel mehr als ihre leere Hülle übrig. Ich kam mir vor wie eine hässliche Webspinne, die ihre Beute mit Gift vollgepumpt hatte und nun aussog.

Doch die Ärzte beendeten dieses Mal die Leihmutterschaft rechtzeitig. Da kein Eingriff bei der Amme notwendig war, blieb ihnen auch das Warten auf ihre Zustimmung erspart. Die Amme konnte sich über die folgenden Jahre von den Strapazen zwar nicht vollständig erholen, es war ihr aber trotzdem möglich, ein selbständiges und einigermassen zufriedenes Leben zu führen.

Fortschritte in der Technik ermöglichten es bald darauf, mehrere Ammen parallel einzusetzen, was die Belastungen der einzelnen deutlich verringerte. Dazu kamen entscheidende Entwicklungen der Maschine, womit die Häufigkeit, in der ich mit Frauen verbunden werden musste, nochmals deutlich abnahm. Und schlussendlich stagnierte meine körperliche Entwicklung und war anfangs meiner Zwanziger nahezu abgeschlossen. Damit liess auch die Gier meines Körpers nach und sein Verlangen nach Nährstoffen kehrte in einen normalen Bereich zurück.

Mit der Abnahme der Abhängigkeit von anderen Menschen schwand auch mein schlechtes Gewissen, das davon hervorgerufen wurde, dass ich anderen mein Leben lang zur Last fiel. Und wie ein zartes Pflänzchen aus einem Spalt im Asphalt keimte in mir die Hoffnung, eines Tages ohne diese parasitische Bindung zu anderen Menschen leben zu können.

In der Mitte meiner Zwanziger wurde dieser Traum dann nahezu greifbar: die Abstände zwischen den einzelnen Terminen mit den Ammen zählte ich in Monaten. Dazu kam, dass die Maschine inzwischen sehr kompakt gebaut war, was es mir ermöglichte, fast ein vollständig unabhängiges Leben zu führen. Ich konnte mich frei bewegen, einer geregelten Arbeit nachgehen und mit geeigneten Kleidern sah mir niemand meine Fehlbildung an. Dadurch, dass ich mir angewohnt hatte, mich nie nackt zu betrachten, vergass ich manchmal selbst, wie hässlich und peinigend die dicke Nabelschnur war, die mir aus dem Bauch wuchs. Nur auf die Frage, wie sich je eine Frau auf mich einlassen sollte, hatte ich immer noch keine Antwort gefunden. Trotzdem war ich mit meiner Situation mehr als zufrieden, denn insgesamt hatte sich mein Leben eindeutig in eine erfreuliche Richtung entwickelt. Zumindest bis Hannah ins Spiel kam.

*

Hannah war eine von vier Ammen, die mich damals begleiteten. Sie war etwas Spezielles, das fühlte ich schon bei der ersten Begegnung, auch wenn ich nicht benennen konnte, was genau der Grund war. Unmittelbar nach der ersten Sitzung mit ihr breitete sich eine glühende Euphorie in mir aus, strömte von meinem Herzen in jeden Winkel meines Körpers. Ich freute mich schon richtig auf das nächste Zusammentreffen. Das war erstaunlich, da die Termine mit den Ammen für mich bis anhin stets sehr belastend gewesen waren. Als ob es nicht schon genug wäre, dass in diesen Momenten meine Schwäche schonungslos zur Schau gestellt wurde, schienen mir die bedrückende Krankenhausatmosphäre, die unbequemen Betten und Krankenhauskittel, das nervöse Piepsen verschiedenster Gerätschaften und der unangenehme medizinische Geruch, den ich zu allem Übel noch mit meiner Nabelschnur assoziierte, auf allen möglichen Sinneswegen meine Verletzlichkeit unterstreichen zu wollen.

Hannah schaffte es nicht nur, mir das Gefühl, eine Last zu sein, vollständig zu nehmen, nein, sie löste bei mir etwas aus, das ich zuvor nie gespürt hatte: eine eigenartige Anziehung, eine tiefe Verbundenheit, die der Bindung über die Nabelschnur etwas Natürliches zurückgab. Und dies, obschon wir während des ganzen Termins nur wenige Worte miteinander wechselten. Die unangenehme Sinneskulisse der Klinik rückte in den Hintergrund. Sogar der ekelhafte Krankenhausgeruch wurde vom frühlingshaften Duft, den Hannah mit sich in den Raum getragen hatte, verdrängt. Der Duft erinnerte mich an die zarten Blüten, die das Aprikosenbäumchen im Garten meiner Eltern Jahr für Jahr hervorgebracht hatte.

Erinnerungen an den letzten gemeinsamen Frühling mit meiner Mutter drängten sich plötzlich auf. Es war damals ein erstaunlich warmer Start in den März gewesen, das Aprikosenbäumchen schlug früh aus. Doch viele der jungen, verletzlichen Zweige froren bei einem kurzen, aber erbarmungslosen Kälteeinbruch ab, bevor sich ihre feinen Knospen öffnen konnten. Meine Mutter schnitt die toten Zweige ab, damit das Bäumchen keinen Saft für sie verschwendete und die überlebenden dafür umso besser gedeihen konnten. Dabei erklärte sie mir mit einem bedrückten Lächeln im Gesicht, dass manchmal das Schwächere geopfert werden müsse, um das Stärkere aufblühen zu lassen. Oft sei es jedoch besser, das Stärkere zu opfern, um das vermeintlich Schwächere, aber Wichtigere am Leben zu erhalten. Erst jetzt verstand ich, was sie damals gemeint hatte.

Die Traurigkeit, die diese Erinnerung in mir hervorrief, trübte die zuvor verspürte Euphorie und liess mich die Sache mit Hannah nüchterner betrachten. Als mir bewusst wurde, dass es mehr als ein Jahr dauern würde, bis ich sie wieder sehen würde, ergriff mich eine bedrückende Betrübtheit. Es fühlte sich an, als ob ich in zähflüssigem Nebel versinken würde. Ich wusste nicht, wie ich dieses Jahr aushalten sollte.

Die Sehnsucht nach ihr wich nur langsam, doch nach einer Weile versanken die Gedanken an Hannah im Unterbewusstsein, der Nebel begann sich zu lichten und ich konnte wieder befreit atmen. Hannah wurde meist nur noch durch den sanften Duft eines blühenden Obstbaumes oder Termine im Krankenhaus in mein Bewusstsein gedrängt. Erst kurz vor der nächsten Transfusion mit ihr kamen unweigerlich die Erinnerungen an die Gefühle zurück, die sie beim letzten Mal in mir hervorgerufen hatte, und damit begann sich wieder eine milde Euphorie in mir breit zu machen, hob mich hoch, wie die Thermik einen Vogel über einem sonnigen Berghang.

Während des Treffens verflogen diese Gefühle jedoch augenblicklich wieder. Die Nebelschwaden schwappten über den Bergkamm hinüber und nahmen mir den Atem. Irgendetwas stimmte nicht mit mir, dies fiel auch Hannah auf. Als sie mich darauf ansprach, schnauzte ich sie wütend an. Hannah schien durch meine Reaktion eingeschüchtert und eine Weile herrschte Stille zwischen uns, nur das leise Summen der Pumpe war zu hören. Meine Gedanken kreisten, was war los mit mir? Ich hatte mich doch so auf das Treffen gefreut und jetzt war es mir nicht nur unmöglich, es zu geniessen, nein, es peinigte mich richtiggehend. Nach einer Weile dämmerte es mir: die Angst vor der in ein paar Stunden bevorstehenden Trennung hatte mich fest im Griff.

Der Gedanke, dass die Krankenschwester bald ins Zimmer kommen, die Verbindung zwischen mir und Hannah trennen und ich sie danach erst wieder in ein bis zwei Jahren sehen würde, betrübte mich. Auch wenn der Gedanke bis dahin nur in den Untiefen meines Unterbewusstseins herumgeschwommen war, hatte er schon meine Wahrnehmung, meine Gefühle und mein Verhalten dominiert. Als der Gedanke nun die Oberfläche durchbrach und mit voller Wucht ins Bewusstsein eindrang, wurde ich unglaublich wütend auf mich selbst.

Nur unter grosser Anstrengung und indem ich mir immer wieder zuredete, dass diese Wut mein Problem nur verschlimmerte, gelang es mir, mich zu beruhigen.

Als ob sie in mich hineinschauen könnte, legte Hannah in diesem Augenblick ihre Hand sanft auf die meine und schenkte mir einen einfühlsamen Blick. Ihre Augen strahlten ein Verständnis aus, das nicht einem bestimmten Umstand zukam, sondern mir als Person, meinem gesamten Wesen. Egal was mich bedrückte, sie würde mich verstehen. Ruhe kehrte in mir ein, mein Herzschlag beruhigte sich, mein Atem verlangsamte sich und gewann an Tiefe. Erst jetzt bemerkte ich den sanften Duft der Aprikosenblüten, den Hannah auch dieses Mal mit sich ins Zimmer getragen hatte. Obschon ich mich jetzt sicher und geborgen fühlte, kostete es mich grosse Überwindung, ihr zu gestehen, was mich bedrückte.

Sie versicherte mir, dass es ihr gleich ginge, auch sie spüre die Verbundenheit und hätte Angst davor, mehr als ein Jahr getrennt von mir zu sein. Und als ob es nichts Selbstverständlicheres gäbe, schlug sie vor, uns auch ausserhalb der geplanten Termine zu treffen. Eine Möglichkeit, die mir zuerst ziemlich befremdend vorkam. Kontakt mit den Ammen erweckte in mir bisher immer das Gefühl von Unvollkommenheit und ich versuchte ihn deshalb auf ein Minimum zu beschränken. Doch bei Hannah galten andere Gesetze und das spürte ich an diesem Tag noch deutlicher als beim letzten Mal. Ihre Anwesenheit schien mich vollkommener zu machen, liess mich meine Gebrechlichkeit vergessen, was doch erstaunlich war, da ich in diesen Momenten gezwungen war, mich entblösst und in meiner vollen Hässlichkeit zu präsentieren. Ich wog lange ab, ob diese Treffen tatsächlich eine gute Idee wären. Irgendetwas sagte mir, dass damit auch ein grosses Risiko verbunden war. Da es mir nicht gelang, dieses Risiko festzumachen, schlug ich die Vorahnung in den Wind.

Ein paar Wochen nach der Transfusion trafen wir uns zum ersten Mal ausserhalb der Mauern der Universitätsklinik. Ich fühlte mich nicht wohl dabei, glaubte, es sei nicht richtig, diese wunderbare Frau, die für mich ohnehin schon ein riesiges Opfer erbrachte, noch zusätzlich mit meiner Anwesenheit zu belasten. Dazu machte ich mir Sorgen, Mitleid sei ihr einziger Beweggrund, sich überhaupt mit mir zu treffen.

Ich hatte aus meinem Fehler bei unserem letzten Treffen gelernt und erzählte ihr diesmal von Anfang an – wenn auch nicht ohne innere Kämpfe – von meinen Zweifeln. Meine Sorgen schienen sie zu überraschen. Ob ich denn überhaupt nicht sehe, wie viel ich als Mensch zu bieten hätte. Ich sei alles andere als eine Last für sie. Und sie versicherte mir, dass sie nur hier sei, weil sie gerne Zeit mit mir verbrächte, weil sie – obschon sie es auch nicht erklären konnte – eine Verbundenheit mit mir empfand, die sie so nicht kannte. Eine Versicherung, die ich normalerweise als Mitleidslüge abgetan hätte, doch nicht bei Hannah. Die Art wie sie mit mir sprach, liess keine Zweifel an ihrer Aufrichtigkeit zu. Mein schlechtes Gewissen verflog und es folgte das erste von vielen intensiven Gesprächen. Wir tasteten uns langsam aneinander heran, um übereinander zu lernen, was wir eigentlich schon wussten.

Dass etwas nicht stimmte, hätte ich – zumindest rückblickend betrachtet – bei der Transfusion mit der nächsten Amme bemerken sollen. Sobald wir verbunden waren und die Pumpe zu summen begann, fühlte ich ein leichtes Brennen in der Nabelschnur, das sich langsam in meinem ganzen Körper ausbreitete. Es war schwach, fast nicht wahrnehmbar, so dass ich nicht sicher war, ob ich es mir nur einbildete. Als die Krankenschwester Stunden später zurückkam, war das Brennen im Hintergrundrauschen meines Körpers untergegangen und ich vergass, es ihr oder dem Arzt gegenüber zu erwähnen.

Eine unerwartete Verschlechterung meines Zustandes in den darauffolgenden Wochen zwang mich dazu, den Arzt früher als geplant wieder aufzusuchen. Die Ärzte fanden zwar leicht erhöhte Entzündungswerte, doch sie konnten keine konkrete Ursache für meinen Zustand ausfindig machen. Da sie nicht ausschliessen konnten, dass bei der letzten Transfusion etwas schiefgelaufen war, verschoben sie die nächste einige Wochen nach vorne.

Mit dem Summen der Pumpe setzte dieses Mal ein viel stärkeres Brennen in der Nabelschnur ein. Es fühlte sich an, als ob extrahiertes Nesselgift durch sie gepumpt würde. Sobald das Brennen meinen Nabel erreicht hatte – das dauert nur wenige Augenblicke – wurde mein ganzer Körper von Krämpfen erschüttert. Ich warf mich auf den Boden, bog und wand mich. Dann verlor ich das Bewusstsein.

Mein Zustand stabilisierte sich nach ein paar Tagen in der Klinik. Jede erdenkliche Körperflüssigkeit wurde beprobt, Biopsien durchgeführt, Laboranalysen angeordnet, Ganzkörperscans mit verschiedensten Technologien vorgenommen und meine Hirnströme wurden mehrfach gemessen. Dabei fand man wie schon beim letzten Vorfall nichts weiter als erhöhte Entzündungswerte.

Erst als ich wieder zuhause war, rief ich Hannah an und unterrichtete sie über die Geschehnisse. Sie schwieg so lange, nachdem ich meine Ausführung beendet hatte, dass ich mehrmals nachfragen musste, ob sie noch da sei. Jedes Mal machte sie sich nur durch einen tiefen Atemzug bemerkbar. Dann – nach einer gefühlten Ewigkeit – meinte sie mit kalter Stimme, sie sei überrascht und enttäuscht, dass ich sie nicht schon früher ins Bild gesetzt hätte. Bevor ich ihr meine Beweggründe erklären konnte, meinte sie, Zeit zum Verarbeiten zu benötigen und legte auf.

Noch am selben Abend kam sie bei mir vorbei, entschuldigte sich für ihre abweisende Reaktion und umsorgte mich wie eine Mutter ihr krankes Kind. Gezeichnet von den Strapazen der letzten Wochen, wirkte mein Erscheinungsbild auf sie wohl ziemlich besorgniserregend, jedenfalls schlug sie vor, für eine Weile bei mir einzuziehen, um meinen Zustand im Auge zu behalten. Ich fühlte mich schlecht bei dem Gedanken, ihr ein weiteres grosses Opfer abzuverlangen, aber sie erwiderte nur, die ständige Sorge, ich könnte einen Zusammenbruch erlitten haben und niemand hätte es bemerkt, sei viel belastender. Also liess ich sie bei mir wohnen.

Mein Zustand verschlechterte sich zwar nur langsam, doch war offensichtlich, dass es nicht mehr lange so weitergehen konnte. Die Ärzte suchten verzweifelt nach einem Weg, wie sie meinen Zustand wieder stabilisieren konnten. Verschiedene Hypothesen zur Ursache meines Zustandes standen im Raum, die vernünftigste war, dass meine Reaktion von einem Metaboliten, einem Antikörper oder Antigen im Serum der Amme ausgelöst wurde, und so beschlossen sie die Transfusion mit der letzten verbliebenen Amme vorzuziehen und so schnell wie möglich neue zu rekrutieren. Einige Tage vor dem geplanten Termin hatte die vierte Amme jedoch einen schweren Unfall, bei dem sie viel Blut verlor. Eine Transfusion kam nicht in Frage. Mein Zustand hatte sich inzwischen so weit verschlechtert, dass der nächste Zusammenbruch absehbar war.

*

Es war nachts, als es geschah. Der Kollaps kündete sich mit Krämpfen in den Fingern und Füssen an, die sich rasch auf den ganzen Körper ausbreiteten. Augenblicke später krampfte sich mein Herz mit einem quälenden Stechen zusammen. Als Hannah durch die von mir ausgestossenen Schreie zu mir ans Bett geeilt kam, hatte ich schon das Bewusstsein verloren. Das Bild, das sich ihren Augen darbot, schockierte sie; verkrampft, verrenkt, durchgebogen und zitternd lag ich im Bett. Meine Lippen waren blau, die Augen nach hinten verdreht. Der Gestank von Urin und Kot erfüllte das Zimmer. In diesem Moment handelte sie rein intuitiv, ohne auch nur einen Gedanken zu verschwenden, trennte sie mich von der Maschine und verband sich selbst mit mir.

Was genau in den Minuten passierte, in denen sie mir ohne Zweifel das Leben rettete, erzählte sie mir nie. Eines war allerdings offensichtlich; was bei mir die Krämpfe ausgelöst hatte, vergiftete auch sie. Nach dieser Nacht benötigte sie Wochen, um sich zu erholen. Trotzdem wollte sie mir, schon kurz nachdem sie wieder bei vollen Kräften war, mit einer weiteren Transfusion helfen. Da ich mich um ihre Gesundheit sorgte und mir dieses Vorgehen zu riskant erschien, weigerte ich mich. Und diesmal blieb ich standfest, auch wenn Hannah alles versuchte, um mich zu einer weiteren Transfusion zu bewegen.

Meine Ablehnung hielt sie jedoch nicht lange zurück. Sie konnte es nicht ertragen, den nächsten Zusammenbruch untätig abzuwarten. So begann sie sich nachts, während ich schlief, mit mir zu verbinden. Sie gab sich viel Mühe, damit ich es nicht bemerkte, und für lange Zeit war sie damit sehr erfolgreich. Klar wunderte ich mich, wieso sich mein Gesundheitszustand plötzlich zu bessern begann, ohne dass die Ärzte eine Änderung vorgenommen hatten. Ich tat dies aber als natürliche Schwankung meines Zustands ab. Erst als Hannah eines Nachts während der Transfusion einschlief – sie fühlte sich wohl zu sicher und war schon etwas ausgezehrt – kam ich ihr auf die Schliche.

Ich war wütend, fühlte mich betrogen, wollte sie aus dem Haus und meinem Leben jagen. Sie zeigte sich verständnisvoll, zog sich zurück und liess mir meinen Raum. Dies schätzte ich zu Beginn, doch nach ein paar Tagen tat ich es als Egoismus ihrerseits ab und gelang zu der Überzeugung, dass sie sich nie wirklich für mich interessiert hatte, sonst hätte sie sich in dieser Phase der Zerbrechlichkeit zumindest einmal erkundigt, wie es mir ginge. Erst viel später verstand ich, dass sie sich durch meine Reaktion verletzt fühlte, denn eigentlich wollte sie mir nur helfen. Die Grenzüberschreitung war ein notwendiges Übel. Sie war sich des Risikos bewusst gewesen, das sie dabei eingegangen war, und trotzdem bereit gewesen, dieses auf sich zu nehmen, auch wenn dabei nicht nur ich, sondern auch sie verletzt werden konnte.

Als es mir, Wochen nachdem ich mich mit Hannah verstritten hatte, wieder schlechter ging und immer noch keine Hilfe in Aussicht stand, wendete ich mich trotz Bedenken wieder an Hannah. Ich war verzweifelt und sah einfach keine andere Möglichkeit. Die Ärzte hatten zwar neue Ammen gefunden und eine Transfusion wurde unter strenger Überwachung eines Arztes gestartet, musste aber augenblicklich wieder abgebrochen werden, da das Brennen und die Krämpfe zeitgleich mit dem Start der Pumpe einsetzten.

Hannah reagierte zuerst abweisend auf meinen ersten Versuch, den Kontakt wieder aufzunehmen. Gut möglich, dass ihr Unterbewusstsein sie vor mir schützen wollte, aber schlussendlich stimmte sie zu und liess sich wieder auf mich ein. Was geschehen war, vergassen wir beide zwar nie, aber uns war bewusst, dass wir uns damit abfinden mussten. Kurze Zeit später zog sie wieder bei mir ein und wir vereinbarten, regelmässig Transfusionen unter strenger Überwachung durchzuführen. Sobald es Anzeichen für eine Verschlechterung ihres Zustandes gäbe, würden wir das Unterfangen abbrechen.

Wir starteten mit monatlichen Transfusionen, doch dies schien nicht auszureichen, also erhöhten wir die Frequenz. Die Sorge, Hannah käme dabei zu Schaden, erwies sich als unbegründet. Entgegen der Befürchtung litt sie unter keinen wahrnehmbaren Symptomen der Erschöpfung. Im Gegenteil, sie schien wacher und aktiver zu sein als zuvor. Da auch ich mich seit langem zum ersten Mal wieder anhaltend gut fühlte, erfreute ich mich einfach an dem Glück, das in Person von Hannah den Weg zu mir gefunden hatte. Um meinen guten Zustand aufrecht zu erhalten, waren wir allerdings gezwungen, die Transfusionsfrequenz stetig zu erhöhen. Da soweit alles problemlos verlaufen war, sahen wir keinen Grund zur Beunruhigung. Im Gegenteil, unsere Vorsicht nahm ab und wir liessen die ärztlichen Kontrollen immer häufiger aus.

Erst als wir nächtlich Transfusionen durchführen mussten, realisierte ich, wie sich Hannah über die letzten Monate schleichend verändert hatte. Was genau mich auf die Veränderung aufmerksam machte, weiss ich nicht mehr, doch mein Bewusstsein dafür änderte alles. Sie war oft teilnahmslos, Gespräche zwischen uns inhaltslos. Wenn sie aber aus ihrer Teilnahmslosigkeit erwachte, schien sie sich richtiggehend an mich zu klammern.

Ich war überzeugt, dass die Veränderung von einem toxischen Metaboliten ausgelöst wurde, der durch die Nabelschnur von mir zu ihr floss. Ihr Körper schien ihn nicht restlos abzubauen und auszuscheiden, und so akkumulierte der Metabolit in ihr. Was mich genauso hätte beunruhigen sollen, war die Veränderung, die bei mir vorging. Eine der auffälligsten äusserte sich in Bezug auf Hannah; wäre Hannahs Veränderung früher für mich unerträglich gewesen und hätte mich sofort dazu bewogen, die Transfusionen abzubrechen, störte sie mich damals nicht im Geringsten. Ich nahm sie gleichgültig hin. Tief in mir begann sich jedoch ein Widerstand zu regen. Mein altes Ich, das vom neuen, egoistischen Ich in den Schlaf gelullt worden war, begann langsam wieder aufzuwachen.

Meine Einstellung war nicht das Einzige, das sich änderte. Auch körperliche Veränderungen fanden statt. Meine Nabelschnur begann das erste Mal seit meiner Jugend wieder zu wachsen. Zu Beginn bildeten sich nur dicke Adern aus. Als ich darauf aufmerksam wurde, spürte ich, wie das alte Ich in mir zu toben begann. Ich liess es nicht raus, drängte es zurück. Der zunehmende innere Widerstand schien das Wachstum der Nabelschnur jedoch nur zu befeuern, langsam überwuchs sie den Anschluss zu der Maschine.

Da begann das innere Toben langsam an die Oberfläche durchzudringen. Ich wurde wachgerüttelt und begann mir Sorgen zu machen. Da Hannah und ich die Transfusion inzwischen über die Maschine durchführten, war es allerdings kein akutes Problem. Und so beschloss ich vorerst nichts zu unternehmen und die Wucherung bis zur nächsten Untersuchung einfach im Auge zu behalten – mein altes Ich hatte ich schon wieder weit in seine Ecke zurückgedrängt.

Als ob sie den wachsenden inneren Druck spürte, schritt die Wucherung nun rasant voran. Schon am nächsten Morgen war die Maschine und Hannahs Zugang komplett überwachsen. Als ich das sah, kippte in meinem Kopf ein Schalter um, Strom begann zu fliessen. Getrieben von meinem alten Ich, kamen Wut und Selbsthass in mir hoch und ich sah seit langem wieder einmal klar. Ich sah deutlich, was ich Hannah über die letzten Monate angetan hatte und was aus mir geworden war. Ich wurde rasend, mein Herz pochte so heftig, dass mein Brustkorb zu explodieren drohte. Ein unheimlicher Druck erfüllte meinen Schädel, als ob sich die Gedanken durch die Aufregung ausgedehnt hätten und mehr Platz beanspruchten als vorhanden war. Dann kippte ein weiterer Schalter um und an das, was danach geschah, kann ich mich nicht mehr erinnern.

*

Jetzt liege ich da, auf dem weissen Bett in meinem weissen Kittel, die Kopflehne habe ich zu zwei Dritteln hochgestellt, so dass ich mit halbaufgerichtetem Oberkörper ins Leere starren kann. Ich bin müde und gänzlich ausgelaugt, nicht in der Lage, geringste körperliche oder mentale Anstrengungen auf mich zu nehmen. Wo noch vor ein paar Wochen die fette, hässliche Nabelschnur hinausgesprossen ist, trage ich nun unter einem dicken Verband eine handbreite Narbe, die nur sehr langsam verheilt. Dass ich überhaupt noch lebe, ist ein Wunder.

Damals habe ich anscheinend in meiner Wut die Nabelschnur mit einem Küchenmesser durchtrennt und mir die Plazenta aus dem Bauch geschnitten. Dabei hätte ich eigentlich verbluten müssen, wäre da nicht Hannah gewesen, die mit letzter Kraft und allen Mitteln versucht hatte, die Blutung zu stoppen. Dies hat mir eine Krankenschwester auf mein Nachfragen erzählt. Die Frage schien ihr äusserst unangenehm zu sein und ihre kurzgehaltene Antwort nuschelte sie nur schwer verständlich vor sich hin, als ob sie dadurch dem Erzählten Gewicht zu nehmen hoffte.

Doch nicht nur habe ich meine Selbstverstümmelung überlebt, sondern scheint das Trauma jenes Morgens in meinem Körper eine wundersame Heilung hervorgerufen zu haben. Mein Stoffwechsel funktioniert jetzt nahezu einwandfrei. Zwar werden mir noch komplexe Nährlösungen über einen herkömmlichen Zugang zugeführt und wöchentliche Dialysen sind auch nötig, doch von der völligen Abhängigkeit von einer anderen Person scheine ich befreit zu sein. Zumindest vorerst, so die Einschätzung der Spezialisten.

Meiner neugewonnenen Freiheit kann ich mich bis jetzt noch nicht erfreuen, zu müde und erschöpft bin ich. Wenn ich nicht schlafe, starre ich meistens die weisse Wand vor mir an. Trotzdem merke ich, etwas hat sich geändert, und ich habe Hoffnung, dass es gut kommt. In diesem Moment umfassen zwei Hände meine linke Hand, sie sind warm und sanft. Eine streicht liebevoll über meinen Handrücken. Der sanfte Duft von Aprikosenblüten liegt in der Luft. Dann fragt Hannah mit weicher Stimme: «Soll ich dir eine Geschichte vorlesen?».

Metamorphose

Als ich sie kennen lernte, hatte ich unmittelbar ein gutes Gefühl. Sie gehörte zu den Menschen, bei denen ich mich geborgen fühlte, ohne dass wir je ein Wort gewechselt, uns vorher je gesehen hatten. Es war eine natürliche Anziehung, eine emotionale Bindung, die keiner Erklärung bedurfte, instinktiv wie zwischen Mutter und Kind.

Nach einer anfänglichen Periode der Annäherung, in der wir uns beide vorsichtig davon überzeugten, dass die Anziehung auf Gegenseitigkeit beruhte, führten wir ausgiebige Gespräche. Mit jedem Wort woben wir an einem Tuch, das uns schon bald umhüllte und Wärme spendete. Wir verloren uns in den Gesprächen, woben weiter und weiter. Die Themen schienen unerschöpflich, denn wir hatten beide das Talent, aus allem eine interessante Diskussion starten zu können. Oft entfernten wir uns scheinbar ziellos von unserem Ausgangspunkt, um dann am Schluss zu einer Quintessenz zu gelangen, die im Nachhinein betrachtet von Anfang an unausweichlich war.

Als das Tuch dick genug war, bewegten sich unsere Gespräche langsam in eine andere Richtung. Sie zielten vermehrt auf unser Inneres; wir begannen zu erforschen, was uns zu denen gemacht hatte, die wir waren. Zugegeben, der Fokus lag oft auf meinem Innenleben. Das mag verschiedene Gründe gehabt haben. Einerseits sah es in mir damals stürmischer und unübersichtlicher aus als in ihr, was den Reiz der Herausforderung für uns erhöhte, da wir beide einen Hang zum Verstehen komplexer Probleme hatten. Andererseits genoss ich es, mich selbst erforschen zu lassen. Sie hingegen war nicht abgeneigt, sich selbst anderen nicht ganz offenlegen zu müssen.

Die Gespräche gewannen an Intensität, das Tuch verdichtete sich weiter, schloss uns ein, umgab uns wie eine Hülle aus weichem Gewebe. In ihm entstand ein geschützter Raum, abgetrennt von der Aussenwelt. Das einzige, was dort zählte, waren unsere Worte, unsere Gedanken. Sie traute sich immer mehr zu, drang tief in mein Inneres vor, stocherte und suchte verborgene Winkel ab. In die Aussenwelt kehrten wir erst zurück, wenn wir einen würdigen Schlusspunkt eines Gesprächs gefunden hatten.

Es gibt nicht viele Menschen, mit denen sich solch ein Tuch weben lässt, ich einen solchen Raum zu erschaffen vermochte, das war mir bewusst. Ich genoss jeden Augenblick und sobald wir unter dem Tuch hervortraten und den Raum verliessen, begann ich ungeduldig darauf zu warten, weiter zu weben. Und das taten wir, immer öfter und intensiver. Das Gewebe wurde dichter und widerstandsfähiger. Aus der sanften Hülle wurde eine robuste Kapsel.

Unsere Gespräche zielten nun auf das Innerste ab, ergründeten Tiefen, von denen wohl nur sie ahnte, dass sie existierten. Es fühlte sich gut an, Licht in diese dunklen Winkel zu bringen und die Geister, die sich dort rumtrieben, zu befreien. Ich lernte, dass sich viele der Ungeheuer, die sich dort versteckten, leicht zähmen liessen. In den Tiefen gab es jedoch auch Dinge, die nicht entdeckt werden wollten, sich uns immer und immer wieder entzogen, zwischen Felsen versteckten, im Sand vergruben. Sie war unnachgiebig, wollte alles ergründen, obschon sie ahnte, dass da auch Ungeheuer lauerten, die nur darauf warteten, uns aufzufressen.

Und so kam es, dass wir in die Falle tappten. Eines Tages, als wir uns in unserer Kapsel befanden, stiess sie auf ein kleines Ungeheuer, eines von denen, die sich leicht zähmen liessen, die wir schon gut kannten und mit denen wir umzugehen gelernt hatten. Doch das war nur Täuschung, ein Köder, der von einer grösseren, unbändigeren Bestie ausgelegt wurde. Und als sie sich ihm zuwandte, es zu verstehen versuchte und befreien wollte, weckte sie das Untier auf. Mit einem markerschütternden Brüllen, welches die Kapsel zum Einsturz zu bringen drohte, erhob es sich aus seiner Starre. Schüttelte Sand und Geröll ab. Felsbrocken, die uns ohne weiteres hätten zerquetschen können, donnerten um uns zu Boden. Erstarrt vor Schreck verharrten wir wie angewurzelt. Erst als das Ungeheuer mit ungeahnter Heftigkeit zu wüten begann, konnten wir uns losreissen und verliessen die Kapsel fluchtartig, um uns in Sicherheit zu bringen.

Schon während der Flucht beschlich mich das Gefühl, dass das Monster einen bleibenden Schaden an der Kapsel hinterlassen würde, dass es Zeit brauchen würde, die Risse wieder zu schliessen. Bevor wir uns jedoch darum kümmern konnten, mussten wir dem Ungeheuer Zeit geben, sich zu beruhigen, sich wieder im Sand einzugraben, um dort auf sein nächstes Opfer zu warten.

Nach einer Weile, als ich glaubte, das Monster habe sich wieder verzogen, begaben wir uns erneut zu unserer Kapsel. Doch mit dem, was wir vorfanden, hatten wir beide nicht gerechnet. Sie sah intakt aus, keine Löcher, keine Risse. Das erfreute uns im ersten Moment, doch als wir versuchten, sie zu betreten, mussten wir feststellen, dass sie sich uns verschlossen hatte. Ich war verwirrt, verstand nicht, wieso wir keinen Zugang mehr hatten. Eines war mir jedoch augenblicklich klar. Sollten wir den Zugang nicht wieder finden, würde unsere Bindung unweigerlich bedeutungslos werden. Unsere Beziehung würde hohl sein, nicht mehr als eine leere Hülle.

Wir unternahmen immer wieder Versuche, einen Zugang zu finden, wohl weil wir beide noch nicht verstanden, wieso sie verschlossen war. Wie oft wir auch versuchten, wieder in die Kapsel hineinzukommen, unsere Gespräche fortzuführen, weiter in der Tiefe zu forschen, es sollte uns nicht gelingen. Und so begannen wir uns – wie ich befürchtet hatte – zu entfremden. Unsere Bindung liess nach, wurde nahezu bedeutungslos. Nur der Schmerz über den Verlust und die zurückbleibende Leere erinnerten mich daran, wie bedeutungsvoll sie einst gewesen war.

Und da war natürlich immer noch die Kapsel. Ich hatte sie vorsichtig in der alten Holzscheune im Garten untergebracht, um sie zumindest etwas vor dem Wetter zu schützen, auch wenn Sonne, Kälte und Wind durch die Spälte in den Wänden hereindrangen, war sie dort zumindest vor Schnee, Hagel und Regen geschützt.

Auch als wir uns komplett fremd wurden, suchte ich die Kapsel regelmässig allein auf, hoffte immer noch zu verstehen, was genau damit passiert war. Ich sass stundenlang neben ihr, das durch die Risse dringende Sonnenlicht warf ein beruhigendes Muster auf ihre weisse Oberfläche. Ich strich mit der Hand über die erstaunlich weiche Kapsel, klopfte mal sanft, mal kräftig dagegen, legte mein Ohr an und horchte in sie hinein. Nichts.

Doch eines Tages, ich war an die Kapsel gelehnt eingeschlafen und schreckte aus einem unruhigen, von wirren Träumen durchzogenen Schlaf hoch, begann die Erkenntnis durchzusickern und ein heftiger Angstschauer ergriff mich. Reflexartig wich ich zurück, rannte aus der Scheune und sperrte sie mit einem dicken Holzbalken zu. Was wir gewoben hatten, war keine Kapsel, es war ein Kokon, dessen einziger Zweck es war, der Puppenruhe dieses Monsters zu dienen.

Für lange Zeit kehrte ich nicht mehr in die Scheune zurück, beobachtete sie nur ängstlich vom Wohnzimmerfenster aus, war in banger Erwartung, dass dem Kokon ein noch gefrässigerer und wütenderer Käfer entschlüpfte, als das damals von uns gefangene Monster – das anscheinend nur eine Larve gewesen war.

Mit jedem Tag, an dem nichts passierte, wich die Angst ein bisschen und Neugierde trat an ihren Platz. Ist nicht oft die Larve gefrässiger als das aus der Puppenruhe hervorgehende adulte Insekt? Und kommt es nicht oft vor, dass sich eine hässliche Larve verpuppte und nach wundersamer Metamorphose als farbenfroher Schmetterling aus dem Kokon schlüpfte? Was bei einer Metamorphose genau ablief, schien mir ein grosses Rätsel. Wie es möglich war, Form, Gestalt und Lebensweise so komplett zu verändern, war für mich schlicht unbegreiflich. Dass für so eine immense und wohl auch energieraubende Transformation die schützende Hülle eines Kokons essenziell war, leuchtete mir jedoch ein.

Mit der Neugierde wuchs auch der Drang, mich unserem Kokon wieder anzunähern, ihn unter dem Aspekt der neuen Erkenntnis zu betrachten und zu erforschen. Noch traute ich mich nicht in die Nähe der Scheune, doch zeichnete sich eindeutig ab, dass sich dies bald ändern würde.

*

Inzwischen ist es Frühling geworden, die Tage sind länger, das Wetter milder und an den Bäumen im Garten lässt sich erahnen, dass bald alles wieder in Grün erstrahlen wird. In der Luft liegt ein von Leben geschwängerter Duft, der eine Vielzahl an Insekten benebelt durch den Garten schwirren und kriechen lässt.

Obschon die Anziehung des Kokons stark ist, schreite ich nur langsam und bedacht auf die Scheune zu. Zweimal halte ich inne und horche und versuche aus sicherer Distanz zu erkennen, ob ich irgendwelche Veränderungen an der Scheune ausmachen kann. Als mir nichts Besonderes auffällt, traue ich mich vorsichtig ganz heran und spähe durch einen Spalt in der Holzwand in das Innere der Scheune. Erleichtert stelle ich fest, dass sich nichts verändert hat. Erst als ich mich daran mache, den Holzbalken zu entfernen, bemerke ich, wie stark meine Hände zittern. In der Nähe des Kokons scheint die Angst zurückzukehren, die ich in meinem sicheren Wohnzimmer verloren geglaubt habe.

Vorsichtig ziehe ich die Tür auf, bemüht, mich stets hinter ihr verborgen zu halten. Gezeichnet vom Winter quietschen die Angeln und knarrt das Holz. Als sie ganz offensteht, verharre ich einige Augenblicke dahinter und lausche. Stille. Dann schlage ich mit der Faust hart gegen die Holzwand, um alles aufzuscheuchen, das sich womöglich in der Scheune versteckt hält. Ein Rascheln. Unweigerlich zucke ich zusammen, meine Muskeln spannen sich, bereiten sich auf die Flucht vor. Erneut Stille. Nur das Hämmern meines Herzens. Als dieses abklingt und mein Körper sich wieder entspannt, schlage ich wiederholt kräftig gegen die Holzwand. Wieder ein Rascheln. Vorbereitet darauf, zucke ich dieses Mal erst zusammen, als ein kleines braungraues Fellknäuel unter einem Blätterhaufen hervorschiesst und blitzartig durch einen Spalt in der Wand nach draussen huscht. Abermals Stille.

Zögerlich traue ich mich hinter der Tür hervor. Als ich mich davon überzeugt habe, dass in der Scheune noch alles beim Alten ist, wende ich mich dem Kokon zu. Seine Hülle ist noch gut verschlossen, also setze ich mich neben ihn auf den Boden, genau wie früher. Ich lege meine Hand vorsichtig auf die weiche Oberfläche. Das Zittern meiner Hände lässt bei der Berührung augenblicklich nach. Ich beginne sanft über das weisse Gewebe zu streichen, dann lege ich mein Ohr an und lausche – es scheint mir, als hörte ich es, das Geräusch der langsam, aber unaufhaltbar voranschreitenden Metamorphose.

Wie lange sie wohl dauert? Tage, Monate, Jahre?

Auch wenn die Bindung zwischen uns gerissen ist, drängt es mich, meiner Freundin von der Entdeckung zu erzählen, denn diese ändert so ziemlich alles, eröffnet neue Möglichkeiten.

«Wenn unsere Kapsel nichts als ein Kokon für das Monster ist, das wir damals aufgeweckt haben, bedeutet das nicht, dass wir nie dorthin zurückkehren können?»

Ich glaube, eine gewisse Ernüchterung aus ihrer Stimme herauszuhören. Hat sie sich erhofft, ich käme mit der Nachricht, einen Weg zurück in unsere Kapsel gefunden zu haben? Vielleicht. Und diesbezüglich kann ich nicht anders, als sie zu enttäuschen. Ja, der Weg zurück in diese Kapsel ist verschlossen, wohl für immer. Als ich ihr das erkläre, kann ich mir ein schelmisches Grinsen nicht verkneifen.

«Was daran ist denn bitte witzig? Vermisst du unsere Gespräche von damals denn überhaupt nicht?»

Mit ihrem harschen Ton wischt sie mir mein Grinsen augenblicklich von den Lippen. Schwermut breitet sich in mir aus.

«Wie ich sie vermisse! Und die Gewissheit, nie mehr dorthin zurückkehren zu können, bedrückt mich auch. Aber…».

Ich muss innehalten, denn das Lächeln schleicht sich schon wieder auf meine Lippen zurück; und ich will dem «Aber» seine Wirkung zugestehen.

«…es gibt auch neue Möglichkeiten».

Erneut mache ich eine Pause. Sie starrt mich erwartungsvoll an, drängt mich mit ihrem Blick, weiterzuerzählen.

«Wir sind immer nur darauf fokussiert gewesen, in diese Kapsel zurückzukehren. Dabei haben wir etwas Wichtiges übersehen. Wahrscheinlich ist es auch gut, dass wir es damals noch nicht erkannt haben, denn wir haben Zeit benötigt, an diesen Punkt zu kommen, um wieder bereit zu sein.»

«Bereit wofür?»

Sie runzelt die Stirn und schaut mich fragend an.

«Wieder mit Weben zu beginnen.»

Gespannt beobachte ich ihr Gesicht. Sie nimmt sich Zeit, über die Worte nachzudenken, scheint nicht sofort zu begreifen, was ich damit sagen will, doch als es durchsickert, kräuselt ein Lächeln ihre Lippen. Allerdings wird es schon bald wieder verweht, ihre Augenbrauen ziehen sich zusammen und legen ihre Stirn in Falten.

«Ich verstehe, was du meinst, und ich glaube, dass du nicht unrecht hast. Aber...»

Sie hält inne, scheinbar unwillkürlich, trotzdem verleiht sie damit ihrerseits dem «Aber» mehr Gewicht. Mit jedem Augenblick, den sie länger zögert, mit sich ringt, die richtigen Worte sucht, um das auszudrücken, was ihr auf dem Herzen liegt, wird das Gewicht des kleinen Wortes immer grösser. Dabei starrt sie neben mir vorbei ins Leere. Schlussendlich atmet sie tief ein und schaut mir in die Augen.

«...ich weiss nicht, ob ich bereit dazu bin.»

Sobald sie das letzte Wort ausgesprochen hat, gleitet ihr Blick wieder an mir vorbei und richtet sich ins Leere.

Nur gelegentlich überwindet sie sich, einen Blick auf mein Gesicht zu werfen, um meine Reaktion zu prüfen. Da gibt es nicht viel zu sehen. Meine Gesichtszüge sind versteinert. In meinem Herzen verspüre ich jedoch einen stechenden Schmerz. Damit habe ich nicht gerechnet, so geblendet vor Enthusiasmus bin ich gewesen.

Jetzt, da das Feuer der Begeisterung abrupt erlischt, gewinne ich meinen klaren Blick zurück und ihre Reaktion leuchtet mir ein. Ich ärgere mich darüber, diese nicht vorhergesehen zu haben. Unsere Gespräche sind wunderbar gewesen, das hatte sie ja eben selbst zugegeben. Allerdings hatte die Intensität trotzdem immer etwas Belastendes, die Hilflosigkeit, mit der wir damals der Larve ausgeliefert waren, wahrscheinlich sogar etwas Traumatisches.

Hat sie damals überhaupt versucht, den Zugang zur Kapsel wieder zu finden? Und war bei ihr nicht eine gewisse Erleichterung zu erkennen gewesen, als endlich genügend Zeit verstrichen war und sie die vorgespielte Hoffnung aufgeben durfte? Jetzt, wo wir uns entfremdet haben, die Bindung zwischen uns gerissen ist, wieso sollte sie sich nochmals darauf einlassen? Die Belastung, das Risiko, dass das Trauma abermals aufklafft und sie den Schmerz erneut erfahren müsste, wenn die Bindung wieder riss.

Doch da sind auch ihre Trauer, als ich ihr erklärt habe, dass wir nie mehr in den Kokon zurückkehren konnten, und das Lächeln, als sie realisiert hat, dass wir einen neuen Kokon weben konnten. Und sie hat nicht definitiv gesagt, nicht dazu bereit zu sein, nur, es eben noch nicht zu wissen. Gut möglich, dass sie zuerst ihre inneren Widersprüche entwirren muss, bevor sie Gewissheit für sich erlangen kann. Und diese Zeit will ich ihr geben.

So gewinne ich die Fassung zurück, die Versteinerung auf meinem Gesicht beginnt sich zu lösen und ein milder, verständnisvoller Ausdruck legt sich darauf. Dies scheint sie zu beruhigen und so schaut sie mir wieder direkt ins Gesicht. Ich erkläre, ich verstünde ihr Zögern, sie solle sich Zeit nehmen, und betone mehrmals mit Nachdruck, dass ich ihre Entscheidung akzeptieren würde, falls sie sich dagegen entschied.

Bevor wir uns wieder trennen, fragt sie mit unsicherer, aber zugleich erregter Stimme: «Darf ich den Kokon nochmals sehen?».

*

Es ist ein äusserst warmer Frühlingstag, wohltuende Sonnenstrahlen fallen durch die Ritzen in den Holzwänden ins Innere der Scheune, werfen Licht über den staubigen Boden hin zum Kokon, der in der Mitte von der Decke hängt. Ich habe mich schon vor einer Weile neben dem Kokon niedergelassen, so, dass mir die Sonnenstrahlen den Rücken wärmen, streiche mit der Hand über die Oberfläche des Gewebes und habe das Ohr angelegt, als sie mich noch in der Tür stehend fragt: «Hast du keine Angst vor dem, was da eines Tages schlüpfen wird?»

Ich halte inne, nehme die Hand vom Kokon und drehe mich nach ihr um.

«Anfangs ja, natürlich, ich habe das Monster auch gesehen, seine zerstörerische Kraft, die Wut, mit der es gewütet hat. Die Vorstellung, dass etwas noch Böseres aus dem Kokon schlüpft, hat mich mit einer unvorstellbaren Furcht erfüllte.»

Abermals halte ich inne, denn noch immer, wenn ich mir das vorstelle, beginne ich innerlich zu zittern. Dann gebe ich mir einen Ruck.

«Doch je länger ich darüber nachgedacht habe, desto weniger habe ich mich gefürchtet. Oft sind die Larven gefrässiger und hässlicher als ihre Adultformen.»

Nachdenklich starre ich an ihr vorbei durch die offene Tür in den Garten hinaus.

«Schlussendlich ist das, was auch immer in diesem Kokon sitzen mag, etwas, das lange in mir gefangen war und du hast mir geholfen, es zu finden und zu befreien. Gut möglich, dass die Wut, die wir damals zu spüren bekamen, eine – verständliche, würde ich meinen – Überreaktion auf die Gefangenschaft war. Wieso sollte es uns noch böse gesinnt sein, wenn wir es doch waren, die ihm geholfen haben, die Freiheit zu finden? Wieso sollte es sich überhaupt noch für uns interessieren, wenn es erst einmal frei ist?»

Sie wirft mir einen unschlüssigen Blick zu. Ganz überzeugt scheine ich sie nicht zu haben. Ich wende mich wieder dem Kokon zu, streiche mit der Hand sanft über die weiche Oberfläche, lege das Ohr an, schliesse die Augen und lausche dem Geräusch der voranschreitenden Verwandlung. Dann meine ich mit leiser Stimme, ohne meine Position zu verändern: «Auch wenn sich die Metamorphose, die unaufhaltbar im Inneren des Kokons voranschreitet, sich unseren Augen und unserem Verstand entzieht, weiss ich, wenn ich hier sitze und ihr lausche, dass es gut kommt».

Dann schweige ich wieder und horche weiter. Sie scheint nichts darauf zu erwidern haben, zumindest schweigt sie.

Doch dann spüre ich plötzlich ihre Hand auf meinem Rücken. Ich öffne meine Augen und stelle fest, dass sie sich neben mir niedergelassen hat, die eine Hand auf meinem Rücken, mit der anderen streicht sie über den Kokon. Auch ein Ohr drückt sie dagegen, die Augen hat sie geschlossen. Ein sanftes Lächeln umgibt ihre Lippen. Dann flüstert sie: «Das ist unglaublich».

Auch ich schliesse wieder die Augen und lausche. Das Geräusch scheint sich zu ändern, zu intensivieren. Das Stetige wird plötzlich von neuen, impulsiveren Geräuschen durchbrochen, als ob sich im Inneren etwas in Bewegung setze. Und dann spüre ich deutlich, wie sich unter der Hülle des Kokons etwas bewegt. Zuerst nur leicht, doch dann sind es deutliche Bewegungen. Ich glaube, es ist nicht Angst, die ich in diesem Moment fühle, trotzdem veranlasst uns die Veränderung dazu, ein paar Schritte zurückzuweichen. Die Bewegungen unter der Oberfläche sind nun von Auge deutlich zu erkennen. Der Kokon beginnt sich zu wölben, die Haut spannt sich und plötzlich beginnt er von oben nach unten aufzureissen, langsam, aber stetig. Die Stille wird vom Geräusch zerreissenden Stoffes gebrochen. Gebannt starre ich auf den Riss, der nun schon mehr als die Hälfte des Kokons durchzieht.

Erst als der Riss sich bis ganz nach unten zieht, fällt die Hülle. Was zum Vorschein kommt, verschlägt mir den Atem.

Fenster in den Nebel des Unterbewusstseins

Regungslos starre ich durch das kleine, runde Fenster nach draussen. Dort ist es so neblig, dass ich nichts erkennen kann. Mich beschleicht das Gefühl, der Nebel krieche jeden Augenblick durch das Fenster zu mir hinein. Doch ich weiss, das wird nicht geschehen, zumindest ist es bis anhin noch nie geschehen. Und ich habe schon oft an diesem Fenster gestanden und mich gewundert, was sich wohl alles im Nebel verbirgt. Leider ist es mir nicht möglich, durch ihn zu schreiten und ihm seine verborgenen Geheimnisse zu entlocken. Eine Tür nach draussen habe ich zwar vor Kurzem entdeckt, doch festen Boden scheint es dort nicht zu geben, zumindest keinen, der meine Füsse tragen kann. Also sitze ich hier und starre stundenlang regungslos hinaus. Ich warte, bis sich der Nebel etwas lichtet, sich ein Loch öffnet und mir ein kurzer Einblick gewährt wird.

Wenn es passiert, dann ist es, als ob sich im Theater der Vorhang plötzlich höbe, um dann nur Sekunden später wieder zu fallen. Dem Zuschauer wird nur ein kurzer Blick auf die laufende Szene gewährt und eine richtige Einordnung des Gesehenen ist fast unmöglich, da jeglicher Zusammenhang fehlt. Schlecht ausgeleuchtete, verschwommene und unklare Szenen erschweren mir das Erkennen und Deuten der Nebelerscheinungen erheblich. Dazu entgeht mir wohl vieles, weil ich entweder nicht aufmerksam hinschaue oder meine Gedanken nicht frei genug sind, sich auf die Szenen einzulassen. Doch werde ich besser darin, frühzeitig zu erkennen, wann sich der Nebel lichtet, und kann mich so besser auf die Erscheinungen vorbereiten und einlassen. Oder zumindest bilde ich mir das ein. Mit der Zeit wird sich hoffentlich ein grösseres Ganzes aus den einzelnen Szenen zusammensetzen und mir ermöglichen, eine Vorstellung davon zu entwickeln, was sich dort draussen verborgen hält.

Ich muss zugeben, lange wusste ich nichts von der Existenz dieses Fensters, wusste nicht einmal, dass es diesen Raum in meinem Haus gibt. Dies sei mir verziehen, denn das Haus ist gross, nahezu unendlich. Es wäre doch vermessen von mir zu erwarten, von Anfang an alle Zimmer und jeden Winkel zu kennen. Ein so grosses

Haus gibt viel zu tun, hält einem auf Trab und lässt einem kaum Zeit, gemütlich durch die Flure zu schlendern, knarzende Treppen hochzusteigen oder weitentlegene Flügel zu erkunden. Man konzentriert sich auf das Wesentliche – oder vielleicht eher auf das Drängendste – und hält sich nur in den Zimmern auf, die man glaubt zum Leben zu benötigen, versucht diese einigermassen ordentlich und sauber zu halten. Und schlussendlich kann man sich in der Regel nicht die ganze Zeit mit dem eigenen Haus beschäftigen. Nein, auch wenn man es nie richtig verlässt, ist man verpflichtet, Arbeit und anderen Beschäftigungen nachzugehen, und das aus gutem Grund. Ohne diese Betätigungen gäbe es schlussendlich kein Haus, zumindest kein so grosses und vielseitiges. Manchmal, wenn ich mich lange Zeit nur im Kernbereich aufgehalten habe und dann wieder eine Erkundungstour starte, beschleicht mich das Gefühl, dass neue Räume dazugekommen sind und alte sich verändert oder Plätze getauscht haben, manche sogar verschwunden sind. Wie soll ich da die Übersicht behalten?

Nachdem ich den Raum entdeckt hatte, wusste ich nicht recht, was ich davon halten sollte. Eine muffig riechende Kammer mit einem runden Fenster, das mir nichts als den Blick in dichten Nebel gewährte - darauf kann ich eigentlich verzichten, dachte ich. Doch in den Tagen danach kam ich ins Grübeln; irgendwas sagte mir, dass sich da draussen Dinge verbargen, die es zu entdecken galt. Also begann ich den Raum mit dem Fenster zum Nebel zu suchen. Ich verbrachte Wochen damit, das Haus zu durchforsten, ging durch unzählige Flure, entdeckte ebenso viele Zimmer, von denen ich zuvor noch nichts gewusst hatte. Viele davon waren gewöhnliche Zimmer, ohne klar ersichtliche Funktion; doch gab es auch einige, die spezieller waren und mich gelegentlich überraschten. Ich entdeckte unter anderem eine Dunkelkammer, eines, in dem unzählige Vogelkäfige hingen, und ein Spielzimmer mit Rutsche, Schaukel und Bällebad. Doch egal wie gründlich ich suchte, den Raum mit dem kleinen runden Fenster konnte ich nicht mehr auffinden.

Das frustrierte mich zu Beginn, denn das Verlangen, herauszufinden, was sich dort im Nebel meinen Augen entzog, wuchs mit jedem erfolglosen Versuch, dorthin zurückzukehren. Mit der Zeit stellte sich bei mir dann aber Akzeptanz ein und ich befand, dass es wohl so sein musste und ich den Raum nicht mehr finden sollte. Sowieso war ich wieder mit anderen Dingen beschäftigt und so vergass ich ihn für eine Weile.

Als ich dann Monate später gedankenversunken durch das Haus schlenderte – ich hatte gerade eine äusserst anstrengende Tätigkeit abgeschlossen und etwas Zeit für mich – stand ich plötzlich, ohne es bemerkt zu haben, wieder in dem Raum mit dem Bullauge. Als ich merkte, wo ich gelandet war, wurde mein Körper von einem aufgeregten Kribbeln überzogen. Ich starrte stundenlang in den Nebel hinaus, ohne etwas ausmachen zu können; doch damit nahm die Neugier nur zu, und ich nahm mir fest vor, den Raum so oft wie möglich aufzusuchen. Allerdings musste ich noch einiges an Frustration erdulden, bis ich realisierte, dass ich mein neu entdecktes Observatorium nicht finden konnte; es fand mich, und zwar dann, wenn ich dafür bereit war. Mit dieser Erkenntnis gelang es mir schliesslich, Umstände zu schaffen, die es ihm ermöglichten, mich öfters zu finden.

Bei meinem fünften Besuch konnte ich zum ersten Mal etwas im Nebel erkennen. Wie schon erwähnt, konnte ich das Gesehene nicht einordnen, denn ich sah nicht mehr als die verschwommenen Umrisse einer Treppe und damals fehlte mir der erforderliche Zusammenhang. Was ich sah, liess bei mir grosse Verwunderung zurück. Als ich dann immer häufiger rätselhafte Erscheinungen im Nebel ausmachen konnte, beschloss ich, meine Beobachtungen schriftlich zu dokumentieren. Dies sollte verhindern, dass mir etwas entfiele, und gäbe mir dazu die Möglichkeit, das Beobachtete in einer ruhigen Stunde zu studieren und zu analysieren. Obschon es mir aus logischen Gründen nicht möglich war, Tisch und Stuhl in den Raum mitzubringen, hatte ich Glück und das nächste Mal fand ich beides vor. Auf dem Tisch lagen ein schönes Notizbüchlein und ein eleganter Kugelschreiber.

Als ich das Büchlein aufschlug, entwich ihm der Geruch von frischem Papier, das ungeduldig darauf wartet, beschrieben zu werden. Der Kugelschreiber war erstaunlich schwer, als ob das Gewicht der Worte, die ich damit schreiben sollte, schon in ihm enthalten wären. Trotzdem lag er äusserst bequem in meiner Hand und es liess sich flüssig damit schreiben. Seit diesem Tag dokumentiere ich alles bis ins letzte Detail, was ich im Nebel beobachten kann. Doch auch wenn ich es noch so akribisch beschreibe, kommt dabei nie allzu viel zusammen.

Auch heute werde ich für meine Geduld belohnt und stelle schon früh fest, dass sich der Nebel bald für einen Augenblick lichten wird. Gespannt stehe ich am Fenster und warte. Als es soweit ist, kneife ich meine Augen angestrengt zusammen und drücke meine Stirn an die Scheibe. Das Bild ist klar und deutlich: Ein kleiner Junge sitzt oben an einer Treppe, hinter einem Schrank. Er hat seine Arme um die Beine geschlungen und starrt zu Boden. Eine Träne kullert über seine Wange. Über ihm hängen dichte, schwarze Wolken, leichter Regen fällt. Dann verschluckt der Nebel die Szene wieder.

Ich setze mich an den Tisch und beginne zu schreiben. Erst als ich mit meiner Aufzeichnung fertig bin, bemerke ich, dass ich bei der letzten Seite des Notizbüchleins angelangt bin. Ich weiss nicht, ob ich das Büchlein schon oder erst vollgeschrieben habe, aber ich weiss, es ist jetzt voll und ich bräuchte ein neues, um meine Aufzeichnungen fortzusetzen. Doch machte eine Fortsetzung überhaupt Sinn? Bis anhin ist es mir noch nicht gelungen, das Geheimnis des Nebels zu lüften, und ich habe das Gefühl, dem auch nicht wesentlich nähergekommen zu sein.

Gedankenversunken halte ich das Büchlein in der Hand und lasse die Seiten geschwind über meinen Daumen abblättern, wie bei einem Daumenkino. Als ich nach ein paar Durchläufen aus meinen Gedanken zurückkehre, fällt mir auf, wie viel Text in dem kleinen Büchlein niedergeschrieben ist. Und noch etwas fällt mir auf; kein einziges Mal habe ich mir die Zeit genommen, mein Journal durchzulesen. Nicht einmal eine Zeile davon habe ich überflogen. Es scheint mir an der Zeit, dies nachzuholen.

Ohne grosse Erwartungen und trotzdem voller Spannung schlage ich das Buch auf und beginne zu lesen. Das Niedergeschriebene liest sich viel angenehmer, als ich erwartet habe. Zu Beginn lese ich noch langsam, Wort für Wort, doch schon bald beschleunige ich unbewusst mein Tempo; auch wenn ich die Aufzeichnungen nie durchgelesen habe, scheint mein Gehirn die Texte zu kennen, als ob ich sie schon dutzende Male durchgelesen hätte. Als ich durch bin, schliesse ich das Büchlein, halte es für eine Weile fest in meinen Händen und betrachte gedankenversunken den dichten Nebel vor dem Fenster. Das Gelesene ist eindeutig mehr als einzelne Bilder und Szenen, soviel steht fest. Und auch wenn ich im Augenblick noch nicht verstehe, was genau dahintersteckt, spüre ich, dass es nur noch eine Frage der Zeit ist, bis es so weit ist. Ich schlage die erste Seite auf und beginne erneut zu lesen. Diesmal drossle ich die Lesegeschwindigkeit bewusst, darauf konzentriert, kein Detail zu verpassen.

Ein milder Luftzug holt mich aus der Lektüre zurück. Verwundert schaue ich mich um. Die Tür nach draussen hat sich einen Spalt breit geöffnet. Behutsam lege ich das Büchlein auf den Tisch und tippe ein paarmal nachdenklich mit den Fingerspitzen darauf. Was oder wer wohl die Tür geöffnet hat?

Vorsichtig ziehe ich die Tür auf, sie ist aus Stahl, massiv und schwer, trotzdem muss ich nicht viel Kraft aufwenden. Dabei bin ich darauf bedacht, nicht zu nahe an die Schwelle zu treten. Angestrengt starre ich hinaus, versuche auszumachen, was die Tür aufgestossen hat. Da ist nur Nebel, so dicht, dass ich die eigene Hand vor dem Gesicht nicht erkennen kann. Vorsichtig mache ich einen Schritt an die Schwelle heran und lehne meinen Oberkörper hinaus, noch immer kann ich nichts erkennen, oder ist da doch ein Schatten? Ich blinzle ein paar Mal, um die Augen etwas zu entspannen, dann kneife ich sie wieder angestrengt zusammen und starre ins Weiss – ja, da ist ein Schatten. Ich mache zwei weitere kleine Schritte auf ihn zu. Unbewusst verlasse ich den Raum und trete in den Nebel.

Noch immer kann ich nichts in dem dichten Weiss ausmachen, nur einen undeutlichen Umriss irgendwo vor mir. Als ich erneut blinzle, verliere ich ihn aus den Augen. Ich drehe mich im Kreis und suche angestrengt nach einem Anhaltspunkt, wo er hingehuscht sein könnte, doch alles sieht gleich aus. Nur Weiss ohne jegliche Konturen. Während ich mich umschaue, frage ich mich, ob ich mir den Schatten eingebildet habe.

Mit einem Schulterzucken wende ich mich in die Richtung, aus der ich glaube, gekommen zu sein. Weit kann ich noch nicht gegangen sein, bestimmt nur ein paar Schritte, doch der Nebel ist so dicht, dass ich vom Haus nichts mehr ausmachen kann. Eigentlich will ich nicht zurück, Neugierde lässt mich in die entgegengesetzte Richtung gehen, treibt mich tiefer in den Nebel hinein. Mit einem Mal halte ich inne, ein kalter Schauer läuft mir den Rücken hinab: Was, wenn der Nebel unendlich ist und ich mich für immer in ihm verloren habe? Unbehagen ergreift mich. Unsinn, alles ist endlich, auch dieser Nebel. Ich schüttle das Unbehagen ab und setze mich wieder in Bewegung.

Nach ein paar weiteren Schritten halte ich wieder inne, da ist etwas. Es dauert eine Weile, bis ich realisiere, was. Ein leichtes Kribbeln hat meine ganze Haut überzogen, als ob schwacher elektrischer Strom darüber fliessen würde. Ein leichter, aber unverkennbarer Geruch von Ozon liegt in der Luft. Das Kribbeln wird mit jedem Augenblick stärker, ich habe das Gefühl, dass ich mich bald entlade. Und da höre ich ein Knistern. Zuerst denke ich, dass es nur in meinem Kopf ist, doch als ich im Nebel ein schwaches, aber deutliches Wetterleuchten ausmachen kann, bin ich mir sicher, dass es aus dem Nebel kommt. Das Knistern wird lauter, das Leuchten heller. Und plötzlich sehe ich sie, die feinen blauen Blitze, fein verästelt wie Dendriten. Sie sind überall, lassen das Weiss um mich herum in bläulichem Licht flackern.

Bilder beginnen vor meinen Augen durchzuziehen. Es scheint, als diene ihnen der Nebel als Leinwand. Zuerst sind es nur vereinzelte Projektionen, die ich schon durch das Fenster gesehen habe: das weinende Kind, Ballons, der Hut eines Strassenmusikers, ein tiefer Abgrund, ein Würfel aus Holz, zwei erwachsene Menschen, die durch eine Nabelschnur verbunden sind, ein Kokon. Doch dann folgen immer mehr, neue, unbekannte, immer schneller, bis sie sich überlagern, miteinander verschmelzen und es mir nicht mehr gelingt, sie auseinanderzuhalten. Zusammen bilden sie etwas, das ich nicht verstehen kann. Das Ganze, hinterlegt mit dem Flackern der Blitze, scheint zu viel für meinen Verstand zu werden, der Reizüberflutung wird er nicht mehr lange standhalten können. Dann erkenne ich doch noch, zu was sich die Bilder zusammengefügt haben: ein riesiges Haus mit Türmen, Erkern und verwinkelten Treppen. Als ich realisiere, dass es mein Haus ist, durchfährt mich ein heftiges Zittern und ich verliere das Bewusstsein.

Als ich wieder zu mir komme, ist das Kribbeln verschwunden, auch das Knistern ist weg. Der Nebel vor mir hat sich gelichtet, gibt eine runde Fläche frei, die mich an eine sonnenbeschienene Lichtung im Wald erinnert. In der Mitte der Fläche steht auf einer grünen Wiese ein Apfelbaum mit knallroten Früchten. Zu seinen Füssen liegt auf einem weissen Tuch ein sich windender Säugling. Erst jetzt höre ich das Schreien. Ob ihm wohl kalt ist?

Behutsam hebe ich den Säugling hoch, wiege ihn in meinen Armen, versuche ihm Wärme zu geben und rede beruhigend auf ihn ein. Es ist komisch, doch es fühlt sich vollkommen natürlich und vertraut an, wie ich den Kleinen so in meinen Armen wiege. Und irgendwie fühlt es sich an, als ob dieses kleine Wesen gleichzeitig mich auch in seinen Armen wiege. Nachdenklich betrachte ich den kleinen Menschen, in der Zwischenzeit ist er eingeschlafen. Seine Gesichtszüge wirken seltsam erwachsen, und zu meinem grossen Erstaunen sind es eindeutig die meinen. Ich drücke ihn sanft an meine Brust, ein Lächeln umspielt seine Lippen.

Das wundersame Gefühl einer wohltuenden Leere und einer gleichzeitigen vollkommenen Erfülltheit ergreift mich. Der Nebel lichtet sich immer mehr, die weisse Wand, die die Lichtung umgeben hat, wird immer dünner und transparenter, bis sie ganz verschwunden ist. Der Apfelbaum ist umgeben von einer schier endlosen Blumenwiese, Schmetterlinge flattern herum, das Summen und Zirpen von Insekten dringt an meine Ohren, der Duft von blühenden Blumen und Gräsern erfüllt die Luft. Eine Herde Rehe streift durch die Wiese. Erst weit in der Ferne kann ich Hügel, Berge und Wälder ausmachen. Mein Haus scheint verschwunden zu sein. Ungefähr da wo es sich befunden haben muss, kann ich einen kleinen Unterstand sehen.

Vorsichtig lege ich den Säugling auf das Tuch und wickle ihn sachte ein, darauf bedacht, ihn nicht aufzuwecken. Die Gesichtszüge haben inzwischen jede Ähnlichkeit mit den meinen verloren, entsprechen jetzt denen eines ganz normalen Säuglings. Ich pflücke einen der rotglühenden Äpfel, setze mich und lehne den Rücken an den mächtigen Stamm des Baumes. Ich lasse meinen Blick über den Horizont schweifen und beisse genüsslich in den Apfel.

Vorsichtig lege ich den Säugling auf das Tuch und wickle ihn sachte ein, darauf bedacht, ihn nicht aufzuwecken. Dann pflücke ich einen der rotglühenden Äpfel, setze mich und lehne den Rücken an den mächtigen Stamm des Apfelbaumes. Ich lasse meinen Blick über den Horizont schweifen und beisse genüsslich in den Apfel.

Reto Burn, geboren 1991 in Bern, ist seit sieben Jahren wohnhaft in der Stadt des Nebels - Olten. Der Drang, seine Gedanken und Empfindungen auf Papier zu bringen, begleitet ihn seit seiner Jugend. Da er der Überzeugung war, nicht das nötige Talent dafür mitzubringen, beschäftigte er sich allerdings nie ernsthaft mit dem Schreiben. Doch je länger er sich durch eine Welt bewegte, die nicht für Menschen wie ihn gemacht schien, desto grösser wurde das Verlangen, die aus dieser Reibung entstandenen Gefühle niederzuschreiben und mit anderen zu teilen. Sein erstes Werk ist das Resultat seines langjährigen Kampfes mit wiederkehrenden Depressionen und seiner tiefgehenden Auseinandersetzung mit der menschlichen Psyche, dem Willen und Emotionen.